D1434401

Georges Simenon

Le clan
des Ostendais

Gallimard

Georges Simenon naît à Liège le 13 février 1903. Après des études chez les jésuites, il devient, en 1919, apprenti pâtissier, puis commis de librairie, et enfin reporter et billettiste à *La Gazette de Liège*. Il publie en souscription son premier roman, *Au pont des Arches*, en 1921, et quitte Liège pour Paris. Il se marie en 1923 avec « Tigy », et fait paraître des contes et des nouvelles dans plusieurs journaux. *Le roman d'une dactylo*, son premier roman « populaire », paraît en 1924, sous un pseudonyme. Jusqu'en 1930, il publie contes, nouvelles, romans chez différents éditeurs.

En 1931, le commissaire Maigret commence ses enquêtes... On tourne les premiers films adaptés de l'œuvre de Georges Simenon. Il alterne romans, voyages et reportages, et quitte son éditeur Fayard pour les Éditions Gallimard où il rencontre André Gide.

Durant la guerre, il est responsable des réfugiés belges à La Rochelle et vit en Vendée. En 1945, il émigre aux États-Unis. Après avoir divorcé et s'être remarié avec Denyse Ouimet, il rentre en Europe et s'installe définitivement en Suisse.

La publication de ses œuvres complètes (72 volumes !) commence en 1967. Cinq ans plus tard, il annonce officiellement sa décision de ne plus écrire de romans.

Georges Simenon meurt à Lausanne en 1989.

1

Comme une grosse mouche bleue bourdonne entre les murs blanchis à la chaux d'une cuisine vide, il n'y avait, dans les trois étages de bureaux déserts de la Préfecture, qu'un petit appareil noir, le téléphone, à vivre sa vie rageuse, à faire entendre sa sonnerie qui n'en finissait pas.

Les portes étaient ouvertes, les fenêtres déversaient partout le soleil matinal et des courants d'air, enfilant escaliers et corridors, faisaient palpiter les liasses de papiers sur les pupitres, frissonner aux murs les pages des calendriers.

La porte matelassée du cabinet du préfet, solennelle d'habitude, d'un vert si austère, perdait son prestige et son mystère d'être entrebâillée sur le vide de la pièce, et plus loin, au détour d'un couloir, une autre porte montrait un lit de camp défait, un oreiller qui conservait l'empreinte d'une tête, un pyjama à rayures sur le plancher, un livre qu'on avait laissé tomber des mains.

Ce n'était pas un bureau. On disait le cagibi. Un débarras, ou une ancienne chambre de bonne, avec un papier peint à fleurs où se voyaient la trace plus claire d'une garde-robe et de cadres, des éclaboussures là où s'était adossée la table de toilette. Depuis trois jours, le cagibi était promu au rang de chambre de veille.

Le secrétaire général y avait monté la garde la première nuit, puis un chef de service, celui qui s'occupait plus particulièrement des réfugiés, et enfin, il y a une heure encore, le chef de cabinet du préfet y était couché.

Le téléphone, posé par terre, près du lit, appelait toujours.

C'était dimanche. Le dernier dimanche de mai. Il était huit heures et les rues de La Rochelle aux pierres dorées par le soleil, aux maisons à arcades qui donnaient à la ville l'aspect d'un vaste cloître, étaient aussi vides et sonores que les bureaux de la Préfecture.

À peine, un peu plus tôt, quelques personnes s'étaient-elles glissées le long des murs pour se rendre à la messe. Les églises les avaient absorbées et leurs portes ouvertes ne laissaient sourdre, avec le chuchotement des prières, qu'une molle odeur d'encens.

Le téléphone sonnait toujours, impatient, furieux, méchant, et personne ne pouvait répondre car, pour la troisième fois, le chef de cabinet venait d'être appelé à la gare.

Cela avait commencé à onze heures du soir, quand Saintes avait annoncé sept trains de réfugiés venant du Nord. Où allaient-ils ? On l'ignorait. Étaient-ce des Belges, des Hollandais, des Français ?

— Ils seront chez vous vers minuit, annonçait la direction du trafic, à Saintes.

— Sont-ils ravitaillés ?

On n'en savait rien. On ne savait jamais rien. Le mieux était d'organiser un ravitaillement : sandwiches au pâté, café chaud, biberons pour les bébés, puis d'expédier les trains sur Bordeaux ou sur Toulouse où ils se débrouilleraient.

Le chef de cabinet avait alerté le centre d'accueil. Pendant deux heures, sur le quai à peine éclairé par une vague lumière bleue, à cause de la défense passive, ces messieurs et ces dames avaient tartiné de pâté d'épaisses tranches de pain.

— Allô... Ici, Saintes... Trois des trains sont restés à Nantes...

— Et les autres ?

— Il y en a deux à La Roche-sur-Yon...

Il en restait donc deux autres. Où étaient ces deux trains-là ? On les avait attendus jusqu'à deux heures.

— Aux dernières nouvelles, ils ne passeront chez vous que vers huit heures du matin...

Tout le monde était allé se coucher. La gare était restée vide et, à six heures du matin, tout à coup, six trains sur les sept y pénétraient sans avertissement.

Que voulait à présent cette sonnerie furibonde ? Un chef de service, celui qui n'aurait dû s'occuper que des autos et de l'essence, mais qui, depuis quelques jours, était mis à toutes les besognes, comme tout le monde, descendait de sa petite voiture et pénétrait dans les locaux déserts.

C'était un hasard. Il arrivait de la campagne, où il habitait. Il ne comptait pas travailler ce matin-là. Il venait simplement s'assurer qu'il n'y avait rien de nouveau et, à travers les bureaux, il se dirigeait machinalement vers la sonnerie.

— Allô… Enfin !… Il n'y a donc personne, dans votre sacré bordel ?… Qu'est-ce que vous foutez tous, là-dedans ?… Voilà une demi-heure que j'appelle…

Le chef de service, placide, questionnait :

— Qu'est-ce que c'est ?

— Ici, la direction militaire du port de La Pallice…

Un bureau grand comme une guérite, devant l'écluse séparant l'avant-port des bassins, avec un drapeau tricolore et des plantons au col bleu, au béret à pompon, en train de boire le café, assis sur le seuil.

— Qui parle ?

Ce n'était pas le commandant du port, ni même son adjoint. Là aussi, c'était vide. Les gros bonnets étaient allés passer le dimanche chez eux.

— C'est à cause des cinq bateaux…

— Quels bateaux ?

— Ils sont chez vous à cette heure-ci… Nous leur avons adressé les signaux réglementaires… Ils n'ont pas répondu à l'ordre de stopper…

C'était presque irréel. Un matin clair et d'un calme absolu. Une mer plate sous un ciel d'un bleu irisé. L'univers, par ses tons, ressemblait à l'intérieur d'un coquillage.

Devant l'espèce de guérite au drapeau tricolore,

à La Pallice, à trois kilomètres à peine de La Rochelle, les marins de garde se lavaient en plein air, le torse nu, s'ébrouaient les cheveux mouillés.

Et voilà qu'on apercevait cinq bateaux qui venaient Dieu sait d'où, cinq bateaux qui ressemblaient à des chalutiers et qui battaient pavillon belge.

On était en mai 1940. Depuis près de quinze jours l'Allemagne avait commencé son offensive et l'on se battait pour de bon. Logiquement, ces bateaux-là auraient dû être signalés depuis longtemps.

Or, on les voyait glisser tranquillement sur les eaux calmes de la rade, on devinait dans l'air le bourdonnement de leurs diesels, le quatrième traînait en remorque le dernier des cinq qui devait avoir une avarie.

À tout hasard, on hissait au sémaphore les signaux du code et les cinq bateaux belges continuaient à cheminer l'un derrière l'autre, comme des canards, sans se soucier de rien.

Ils n'entraient pas dans le port. Ils continuaient leur route vers La Rochelle.

Pour leur apprendre à vivre, on envoyait, en l'air, quelques coups de mitrailleuse, et ils ne s'en préoccupaient pas davantage.

— Il faut faire quelque chose... disait la voix du quartier-maître. Je ne sais pas, moi... Je n'ai pas d'ordres... Il n'y a personne ici... Bordeaux ne répond pas... En tout cas, ils n'ont pas le droit de rester dans le port de La Rochelle ni de continuer leur route... Demandez des instructions au préfet...

Les cinq bateaux, depuis un bon moment, avaient franchi l'entrée du port de La Rochelle, entre les deux grosses tours, et ils s'étaient immobilisés au milieu du bassin.

Jamais peut-être celui-ci n'avait été aussi silencieux. Sur les voiliers, les voiles séchaient, immobiles, avec les filets. Un homme avait vu entrer les Belges, un vieux pêcheur qui, dans un doris, allait relever ses casiers dans la rade. Il avait aperçu une femme aux cheveux gris sur le pont du premier bateau. Au hublot d'un autre, il avait vu des têtes d'enfants et il avait haussé les épaules.

Quai Vallin, au troisième étage d'une maison blanche, un vieillard qui ne dormait pas les avait vus aussi.

Pour le reste de la ville, les bateaux étaient en quelque sorte arrivés là mystérieusement, comme des jouets qu'on pose sur l'eau d'un bassin.

Les manœuvres elles-mêmes avaient été silencieuses. Les ancres avaient glissé sans bruit. Les chalutiers, tout doucement, avaient évité dans le sens de la marée, qui était haute, et quelques minutes plus tard il n'y avait plus une âme sur les ponts, les écoutilles étaient fermées, il n'y avait que les pavillons noir, jaune et rouge à frémir dans la brise du matin.

Le chef de service parlait tout seul, au volant de sa 5 CV.

— Les ordres sont formels... Tous les bateaux sont, en principe, réquisitionnés par la défense nationale... Les bateaux belges comme les autres...

Il avait vu le préfet. Entrevu plutôt, car le préfet n'avait fait qu'entrebâiller la porte de sa chambre. Il était en pyjama, avec une mèche argentée qui lui pendait sur le front.

— Les ordres sont formels...

Un café s'ouvrait, près de la tour de la Grosse-Horloge, puis c'étaient les quais et, au beau milieu du miroir d'eau que la marée soulevait insensiblement comme une respiration paisible, les cinq bateaux à la queue leu leu.

Le chef de service descendit de sa voiture et se mit à gesticuler.

— Holà, des bateaux !...

Si, pourtant, il y avait quelqu'un, quelqu'un qui le regardait. Une face était collée à un des hublots, avec le nez qui s'épatait contre la vitre, et on ne pouvait pas savoir si c'était un homme ou une femme, un jeune ou un vieux. Rien qu'un visage impassible, comme vu à travers une loupe.

— Allô !... Monsieur le préfet ?...

Le fonctionnaire téléphonait du petit café où il n'y avait pas encore d'autres clients et où l'on venait seulement d'allumer le percolateur.

— Ils refusent de répondre...

Le préfet s'était recouché. Les bureaux étaient toujours vides. Des gens sortaient des églises et un garçon boulanger en triporteur livrait des pains dorés.

— Attendez où vous êtes... J'avise la Préfecture maritime...

On alertait Rochefort. On éveillait d'autres grosses légumes.

— Vous dites des chalutiers belges ?... Certainement !... Ils sont au même régime que les français... Ont-ils seulement leurs papiers en règle ?

Comment pouvait-on le savoir, puisque les bateaux se balançaient toujours, hermétiquement clos, au milieu du bassin ?

— Envoyez-leur une baleinière...

Il était neuf heures quand elle se détacha du quai, avec huit cols-bleus qui ramaient et un gradé debout à l'arrière. Le civil de la Préfecture était resté à terre, près de sa petite auto. Il y avait maintenant une pincée de curieux qui contemplaient les bateaux. C'étaient des curieux du dimanche, plus calmes d'avoir revêtu leur bon costume. De temps en temps, des gens se penchaient aux fenêtres.

Et la baleinière stoppait près du premier bateau belge, le gradé mettait ses mains en porte-voix. On n'entendait pas les mots. Il s'égosillait longtemps.

Enfin une écoutille s'ouvrait, un homme émergeait, énorme, la chemise d'un blanc éblouissant, le pantalon flasque, avec les bretelles qui lui pendaient sur les cuisses.

Parce que le chalutier était plus haut de bord, parce que aussi l'homme était vraiment volumineux, les gens de la baleinière paraissaient minuscules, surtout le gradé qui était un petit brun du Midi.

Et l'homme ne bougeait pas. Il les regardait d'en haut. Il écoutait sans doute ce que l'autre lui criait. Puis il se tournait vers l'écoutille et on découvrait, dépassant juste du pont, la tête d'une femme aux cheveux gris.

Les rues commençaient à s'animer qu'il n'y avait toujours rien de nouveau au sujet des cinq bateaux, qu'on ne savait toujours rien d'eux. L'homme avait répondu quelque chose, quelque chose de bref que personne n'avait compris et la baleinière revenait s'amarrer au pied de l'escalier en pierre sur lequel bondissait le gradé furieux.

— Qu'est-ce qu'il a dit ?

— Je ne sais pas... Il se moque de nous... Il refuse de faire quoi que ce soit...

À dix heures, les cinq bateaux étaient toujours là, sans aucune trace de vie à bord. Le téléphone avait fonctionné, avec la Préfecture, avec La Pallice, avec Rochefort.

— Encadrez-les et empêchez qui que ce soit de descendre à terre...

Les curieux, maintenant, debout au bord du quai, voyaient cinq, six baleinières remplies de matelots s'avancer vers les chalutiers. Sur le troisième, une femme blonde, d'un blond de soleil, était montée sur le pont et s'était mise à faire sa lessive.

Un lieutenant montait à bord du premier bateau. Le colosse de tout à l'heure, qui avait enfilé une vareuse bleue et qui s'était rasé — même de loin, on le voyait tout rose —, restait calmement debout près de lui et le dépassait de la tête.

Puis la baleinière du lieutenant revenait à quai.

— Qu'est-ce qu'il a dit ?

— Je ne sais pas... Ou bien il ne comprend pas un mot de français, ou bien il se paie ma tête... Il y a des enfants à bord... Je les ai entendus piailler...

Les cinq bateaux, qui portaient le matricule d'Ostende, faisaient toujours l'objet de coups de téléphone officiels. Le préfet s'était rasé, lui aussi, et s'était installé dans son bureau. La ville avait commencé sa vie paresseuse du dimanche matin ; des hommes attendaient leur tour dans les boutiques des coiffeurs, et, sur les marbres des pâtissiers, on empilait des tartes et des gâteaux.

— Il doit bien y avoir, au centre d'accueil, quelqu'un qui parle le flamand ?

Et la petite auto du chef de service se dirigeait vers la gare. Il existait, en face de celle-ci, une ville dans la ville, un univers improvisé, sorte de terrain vague planté de baraques en planches où s'agitait un monde silencieux et étonné.

Les sept trains annoncés avec tant d'insistance ne s'étaient pas tous arrêtés à La Rochelle. Mais, de trois d'entre eux, deux mille personnes au moins étaient descendues qui étaient là, assises par terre, debout parmi les ballots et les objets de toutes sortes, vieillards, femmes, enfants, bébés au sein, commères qui se mettaient déjà à laver des langes ou des chemises à des robinets en plein vent.

Certains erraient, le regard fixe, à la recherche de Dieu sait quoi et d'autres s'étaient endormis à même le sol, d'autres enfin, qui avaient parcouru cent ou deux cents kilomètres avant de trouver un train, caressaient machinalement leurs pieds nus et saignants.

Une infirmière bénévole, rebondie dans sa blouse blanche maculée de toute la crasse des enfants qu'elle venait de laver, était belge de naissance et comprenait le flamand.

— Attendez que j'aie débarbouillé celui-ci, qui est couvert de croûtes, et je viens avec vous…

Les cafés se préparaient, sous les vélums rayés ou orangés, pour la sortie de la grand-messe et pour l'apéritif. Les familles marchaient à pas solennels sous les arcades de la rue du Palais. Une bonne tiédeur qui tombait du ciel donnait à tout cela comme un air de paresse voluptueuse et la ville sentait bon le dimanche.

— Vous voyez ! Ils ne se montrent pas. Dieu sait ce qu'ils peuvent faire à l'intérieur. À part cette femme qui lave son linge…

Non seulement elle le lavait, mais, comme si elle avait été chez elle, dans quelque maison de banlieue, elle le mettait à sécher sur une corde arrimée au mât et à la cabine du timonier.

Le lieutenant aidait l'infirmière à descendre dans la baleinière. Le géant, qui les avait vus arriver, était déjà sur le pont, à les attendre en se balançant d'une jambe à l'autre et en fumant une courte pipe. De temps en temps, il crachait dans l'eau.

Elle lui parlait, maintenant. L'homme l'écoutait sans s'émouvoir et le lieutenant répétait à chaque instant :

— Qu'est-ce qu'il dit ?

Rien que des monosyllabes, ou presque. Et la femme à cheveux gris était venue se camper à côté de lui, un peu en retrait.

— Vous avez traduit que le règlement…

— Il répond qu'il se moque du règlement…

19

— Comment ?

— Les bateaux sont à eux...

— Ce n'est pas une raison... Expliquez-lui qu'en temps de guerre...

L'homme, qui pouvait avoir cinquante-cinq ou soixante ans, les regardait toujours de ses yeux clairs, tirait des bouffées de sa pipe, adressait parfois un clin d'œil à sa femme, puis crachait dans l'eau.

— En somme, que veulent-ils ?

Comme par enchantement, en quelques instants, de la vie était apparue sur le pont des cinq bateaux. Les gens du quai regardaient avec étonnement ces hommes, ces femmes, ces enfants, car il y avait au moins une quinzaine d'enfants, surgir du flanc des chalutiers et se grouper pour les regarder à leur tour.

N'était-ce pas un peu comme dans un jardin zoologique où l'on s'observe avec une égale curiosité de part et d'autre des barreaux des cages ?

On était venu voir les Flamands des bateaux et les Flamands contemplaient, eux, ces petites silhouettes noires qui se détachaient, sur les pierres dorées des quais, devant les maisons blanches aux volets verts.

— Qu'est-ce qu'il dit ?

— Qu'ils ont l'intention de continuer...

— De continuer quoi ?

— Leur voyage...

— Pour aller où ?

Des mots flamands, encore, des phrases incompréhensibles qui irritaient le lieutenant.

— Plus loin…

Et il hurlait, rageur :

— Où ça, plus loin ?

L'infirmière, grassouillette et souriante, se dandinait, seule tache claire parmi les vêtements sombres.

— Les bateaux sont à eux…

— Cela m'est égal…

— Mais cela ne leur est pas égal… Il dit…

— Il ferait mieux de prendre garde que nous sommes en guerre…

— C'est justement pour ça…

— Pour ça quoi ?

Il y avait de l'incohérence dans l'air. L'homme avait un air buté et malicieux tout ensemble. Sa femme, qui portait un tablier de cotonnette à petits carreaux bleus, se tenait toujours auprès de lui, toujours un peu en retrait. Et il semblait lui dire, quand il se tournait vers elle :

« N'aie pas peur, maman… »

— Qu'est-ce qu'il dit ?

— Qu'ils ne quitteront pas leurs bateaux…

— C'est ce qu'on verra ! gronda le lieutenant.

Cela devenait une épreuve de force, presque une affaire personnelle. Et il y avait toujours cette maudite question de langues, il y avait surtout ce calme des Ostendais qui étaient groupés par familles sur les différents bateaux, et qui regardaient. Il y avait les gens de la ville qui regardaient de plus loin, certains avec des jumelles.

— Ils en sortent… risquait l'infirmière conciliante.

— Comment ça ?... De quoi sortent-ils ?

— De la guerre... Ils étaient à pêcher dans les mers d'Islande quand ils ont appris par la radio l'attaque sur la Hollande et la Belgique... Ils ont connu l'autre...

— L'autre quoi ?

Il y avait des moments où la ronde infirmière avait envie de rire, tant tout cela était décousu, tant l'abîme devenait mystérieusement profond entre les deux groupes.

— L'autre guerre... En 1914, ils ont tout perdu...

— Ce n'est pas une raison pour...

— Alors, ils ont abandonné une bonne partie de leurs filets et ils ont mis le cap sur Ostende en forçant les machines... Quand ils y sont arrivés, un quartier était déjà en feu... Les habitants fuyaient en tous sens... On affirmait que les Allemands étaient dans les faubourgs...

— Ce n'est pas une raison... s'obstinait le lieutenant.

— Ils ont tout embarqué, sous la canonnade, leurs femmes, leurs enfants, leurs meubles... Il paraît qu'ils sont partis de justesse... Des avions les ont mitraillés...

La colère fondait. Mais, peut-être à cause de tout ce qui se passait de saugrenu dans le monde, à cause de la radio et des bobards, l'atmosphère restait tendue. Qui sait si ce n'étaient pas des espions ou de la cinquième colonne ?

— Qu'est-ce qu'ils veulent, en définitive ?

L'homme les regardait toujours paisiblement. Il y en avait un autre, sur le pont, un jeune, celui-là, taillé sur le même gabarit que le premier, qui devait être son fils et qui lui ressemblait. Il jouait avec une petite fille de deux ans.

— Continuer...

— Continuer quoi ?

On parlait flamand à nouveau et les phrases de l'Ostendais étaient toujours beaucoup plus courtes que leur traduction. Chaque fois, l'homme se tournait vers sa femme avant de parler, puis encore après avoir parlé, comme pour lui demander :

« Est-ce bien ça ? »

— Ils ne veulent pas revoir les Allemands... Ils les ont vus assez en 1914...

— Dites-leur que les Allemands ne viendront jamais à La Rochelle...

L'infirmière traduisit. L'Ostendais haussa les épaules et cracha dans l'eau.

— Demandez-lui ce que cela signifie.

Un seul mot du pêcheur.

— Qu'est-ce qu'il dit ?

— Que vous êtes jeune...

— Traduisez-lui que c'est du défaitisme...

Mais, de cela, l'autre n'avait cure, car il haussa derechef les épaules.

— Que personne ne bouge avant que j'aie reçu des ordres... Dites-le... Traduisez exactement mes paroles...

— Il a compris...

— Et alors ?

— Rien... Ils attendent...

— S'ils essayaient de lever l'ancre...

Et le téléphone fonctionna encore pendant que l'infirmière, restée à bord, jouait avec des enfants blonds. La baleinière revint, qu'il était presque midi et que les terrasses des cafés, quai Vallin, regorgeaient de monde.

— Les ordres sont formels. Tous les bateaux doivent être remis entre les mains de l'autorité militaire. Ceux-ci doivent être acheminés sur La Pallice et leurs occupants seront traités comme les autres réfugiés...

L'homme le regardait parler, avec un effort pour comprendre qui durcissait tous les traits de son visage. Il écouta la traduction. Puis il regarda sa femme. Puis il regarda les quais.

— S'ils n'obéissent pas, on les prendra en remorque et...

D'autres hommes étaient à bord, venus des quatre bateaux qui suivaient le premier, et tous fixaient le petit lieutenant de leurs mêmes yeux durs.

Il y eut, entre le patron et sa femme, comme un colloque silencieux.

« Nous ne pouvons pas lever l'ancre avant ce soir... Nos gens sont trop fatigués... Il y a une petite qui a la rougeole... Quant aux bateaux... »

— Qu'est-ce qu'il dit ?

— Que les hommes ne quitteront pas leur bateau...

— C'est ce qu'on verra !

— C'est ce qu'on verra... répéta le patron en flamand.

Ils avaient refusé qu'on leur apportât des vivres, répondant dédaigneusement qu'ils possédaient à bord tout ce qu'il leur fallait. Ils n'avaient pas voulu non plus de pain frais, ni qu'on leur envoyât un médecin pour la gamine atteinte de la rougeole.

Les baleinières étaient d'abord restées à courte distance. Puis elles s'étaient un peu éloignées et avaient fini par s'amarrer à quai.

La Rochelle prenait l'apéritif, déjeunait, faisait la sieste ou s'engouffrait dans la fraîcheur obscure des cinémas. Les réfugiés, au centre d'accueil, faisaient la queue devant le comptoir où des jeunes filles distribuaient des sandwiches tandis que des boy-scouts allaient et venaient, l'air affairé.

On annonçait un train de blessés. La Préfecture s'affolait. Le téléphone fonctionnait. Blessés civils ? Blessés militaires ? L'hôpital était plein à craquer.

Nantes ne savait pas. Ni Saintes. Ni Bordeaux.

Train militaire ? On alertait les autorités. Puis il y avait contre-ordre. Le train était dirigé sur une autre ville. Non. Il changeait encore sa route.

— Préparez ravitaillement et pansements pour train de blessés militaires...

Des autos passaient avec des matelas sur le toit. Des gens questionnaient par les portières, sans s'arrêter, ralentissant à peine :

— Bordeaux ?

— Tout droit ! leur criait-on.

Et on allait rôder en famille autour du camp des réfugiés pour essayer d'apprendre des nouvelles.

— D'où êtes-vous ?

— De Givet...

— Les Allemands sont à Givet ?

— Le train a été mitraillé trois fois... Le mécanicien a été tué... C'est le chauffeur qui...

Les Ostendais menaient toujours leur vie à part au milieu du port, parmi les bateaux de pêche aux voiles blanches et bleues qui chômaient le dimanche.

De loin, on voyait les Belges manger, car ils avaient dressé des tables sur le pont. Ils paraissaient faire partie d'un autre monde. Ils vivaient comme derrière un écran de verre. On ne les entendait pas. On assistait à leurs allées et venues.

Il y en avait toujours plus qu'on ne l'imaginait. Il en sortait sans cesse de l'intérieur des chalutiers, des hommes, des femmes, des enfants. Ils mangeaient de la soupe en plein midi. On croyait sentir de loin, par-dessus l'eau salée, l'odeur des ragoûts qu'on servait à grandes louches. Puis, sur le pont toujours, les femmes lavaient leur vaisselle.

Dans les groupes, des malins essayaient de traduire les noms des navires. *Onkel Claes*, le bateau du patron, du colosse qui paraissait être le chef de la tribu, cela voulait dire : « Oncle Claes ».

Puis le *Twee Gebroeders*... « les Deux Frères »...

De Dikke Maria... Cela signifiait-il vraiment,

comme quelqu'un le prétendait, « la Grosse Maria » ?... Drôle de nom pour un bateau !

Il y avait une autre Maria : *De Jonghe Maria*... Et toujours le même interprète bénévole traduisait : « la Jeune Maria »...

Si bien qu'on cherchait, parmi les femmes qu'on voyait aller et venir, lesquelles pouvaient être la grosse et la jeune Maria.

Et la vie coulait au ralenti, sur les quais comme dans les rues, parce que le soleil tombait d'aplomb, que la mer était sans ride, le ciel animé seulement par quelques nuages ténus qui faisaient penser à des anges.

À cinq heures, quand un officier à cinq galons dorés descendit de voiture et se dirigea avec importance vers une des baleinières, il y avait davantage de silhouettes noires et de robes blanches qui glissaient lentement, en procession, sur les quais, et deux orchestres jouaient aux terrasses de deux cafés voisins, près de la tour de la Grosse-Horloge.

L'infirmière monta encore une fois à bord de l'*Onkel Claes* et le patron resta longtemps immobile, à tirer sur sa pipe et à cracher dans l'eau.

— On vous demande, avant qu'on reçoive des instructions plus détaillées, de conduire les bateaux à La Pallice... Les femmes et les enfants ne peuvent en aucun cas rester à bord... Les hommes pourront prendre leur tour de garde mais, de toute façon, les bateaux sont dès à présent sous la juridiction militaire... C'est incroyable que vous ayez parcouru une aussi longue route sans être arraisonnés...

Le géant haussait les épaules. Puis il regardait sa femme à cheveux gris d'un air résigné.

— Les Allemands ne viendront pas à La Rochelle... lui répétait-on.

Mais lui venait de là-haut et il les écoutait avec une certaine pitié.

Était-ce la peine de faire tout ce qu'ils avaient fait, un effort tel qu'ils en avaient encore les membres et la tête vides, d'avoir forcé les machines après avoir abandonné une bonne partie des filets, pénétré dans Ostende sous les obus et sous les bombes pour sauver femmes et enfants — et jusqu'à cette armoire à glace qui était couchée sur le pont, enveloppée dans une vieille voile —, était-ce la peine d'avoir fait tout ça pour tomber dans un monde où les gens ne comprenaient rien, où ils vous épiaient avec méfiance, où on vous contemplait, des terrasses des cafés, avec des lorgnettes de théâtre, et où des officiers qui jouaient à tirer en l'air à la mitrailleuse vous répétaient, l'air important :

— C'est la loi...

Vers six heures, quand la marée fut à nouveau assez haute, on vit les hommes, lentement, lourdement, à regret, aller et venir sur le pont des cinq bateaux parant à appareiller.

Le patron, sur l'*Onkel Claes*, était le plus lourd de tous et son fils le suivait comme son ombre.

Les moteurs toussèrent, puis, après quelques hésitations, tournèrent rond. Un peu de fumée s'échappa rythmiquement des cheminées. Les ancres commencèrent à virer sur les guindeaux et les

vedettes de la marine, encore méfiantes, surveillaient la manœuvre. L'une d'elles, peut-être
sans ordre, peut-être parce que c'était le règlement, tenait sa mitrailleuse braquée sur le premier bateau.

Ils oscillèrent, virèrent de bord, frôlèrent, pour
atteindre l'étroit passage entre les deux tours, les
thoniers blancs sur lesquels on voyait des familles
de pêcheurs endimanchées.

Les Ostendais venaient d'Islande, à toute vitesse,
au point que les machines du cinquième bateau
avaient claqué et qu'on le traînait en remorque.

Il y avait, à la gare, un train qui venait, non du
nord, mais de Toulouse. Train de réfugiés. Wagons
à bestiaux dans lesquels hommes, femmes, vieillards, enfants étaient entassés, avec des poules dans
certains, une chèvre dans un autre ; un enfant était
né et deux vieux étaient morts en route.

Toulouse était plein. Bordeaux était plein. Le
train, au lieu de descendre vers le sud, remontait
vers le nord. Paris ne savait plus. Saintes ne savait
plus.

Des gens de bonne volonté couraient le long
des wagons avec du ravitaillement, des friandises
pour les enfants. Et c'étaient les vieillards qui
avaient les pires regards de convoitise pour les
tartes et le chocolat. Une femme, un bébé pendu
à son sein, ouvrait avec peine la porte de son
wagon de marchandises, apercevait le nom de la
gare et s'écriait en détresse :

— Mais c'est la troisième fois que nous passons
ici ! Nous tournons en rond !

Est-ce que les Ostendais savaient tout cela ? Durs et fermés, ils conduisaient leurs bateaux là où on leur avait ordonné de les conduire, leurs bateaux et tout ce qu'ils possédaient en vie humaine et en fortune.

L'officier à cinq galons était resté à bord de l'*Onkel Claes*, près du patron qui n'ouvrait plus la bouche, qui avait le regard fixe et qui dirigeait machinalement la manœuvre de sa flottille. La femme était là aussi, avec ses cheveux gris, sa silhouette épaisse, son ventre proéminent sous le tablier de cotonnette.

On aurait dit, parfois, que c'était elle qui, silencieusement, gouvernait la petite flotte des Ostendais.

On ne leur avait pas permis d'aller plus loin. Le règlement ! La Loi !

Ils s'inclinaient, farouchement renfermés en euxmêmes. Ils n'avaient encore rien vu de la France qu'un quai avec des maisons claires percées de petits trous qui étaient des fenêtres et derrière lesquels des gens s'agitaient dans la pénombre de leur chez-eux. Ils avaient aperçu, de loin, des cafés, des terrasses, des promeneurs endimanchés et des musiciens qui jouaient du violon.

Ils contournaient maintenant des bouées, pénétraient dans un nouveau port, La Pallice, où des cols-bleus jouaient au ballon devant la guérite aux trois couleurs.

Ils ne savaient pas ce qu'on allait faire d'eux, ce que les hommes et la guerre feraient d'eux, et la femme restait derrière le patron, à côté et derrière tout ensemble, à peine un peu en retrait, et les hommes, sur le pont des autres bateaux, avaient le regard fixé sur l'*Onkel Claes*.

Sous leurs pieds, d'autres femmes, les jeunes, préparaient le repas du soir et des enfants trop blonds pour le soleil de France jouaient avec gravité.

2

À huit heures, le lendemain matin, on ne savait pas encore combien ils étaient, fût-ce approximativement, dans les cinq chalutiers amarrés bord à bord à La Pallice, juste à côté de la gare maritime transformée en caserne.

La marée était haute et le pont des bateaux ne se trouvait qu'à un peu plus d'un mètre au-dessous du niveau du quai, de sorte que, de loin, on n'apercevait pas seulement les cheminées et le linge qui séchait, mais qu'on voyait les têtes des Ostendais glisser au ras du sol.

Qui avait envoyé deux gendarmes ? Cela devait rester un petit mystère parmi tant d'autres, car personne ne s'en vanta, personne non plus, à vrai dire, ne s'en préoccupa. Sans aucun doute un des nombreux services qui avaient été alertés la veille au sujet des Ostendais, comme tout le monde les appelait déjà. Peut-être la Place, ou la Région militaire, ou l'Inscription maritime ? Quelqu'un, probablement, qui était absent le dimanche et qui, arrivant de très bonne heure à son bureau le lundi, avait trouvé une note rédigée par un planton au sujet des bateaux belges.

Toujours est-il qu'à sept heures du matin, alors que le soleil commençait à tiédir, deux gendarmes étaient arrivés à vélo dans le port et s'étaient informés des chalutiers. On les leur avait désignés, qui formaient comme un îlot dont un côté touchait le quai et que parfois le flot, en tendant les aussières, écartait quelque peu.

Personne, pendant la nuit, ne s'était avisé de surveiller les gens des bateaux. Ils avaient dû dormir, car on ne les avait pas entendus. Aucun bruit ne sortait des écoutilles grandes ouvertes et, dès dix heures du soir, on ne voyait aucune lumière aux hublots. Deux ou trois fois au cours de la nuit, seulement, une lampe s'était allumée, toujours à bord du même bateau, le troisième, vraisemblablement celui qui abritait l'enfant atteint de la rougeole.

Depuis six heures, par contre, cela bougeait. Les recrues qui se lavaient sur le quai, torse nu, à la gare maritime, avaient d'abord vu émerger un long type maigre au nez proéminent, à la joue gonflée par une chique de tabac et quelques instants plus tard une voix appelait de l'intérieur :

— Pietje !...

Ainsi avait-on connu le nom de l'un d'entre eux, car Pietje avait répondu à cet appel. Un peu plus tard, la grande patronne, ainsi que les soldats la désignèrent tout de suite, la femme aux cheveux gris et au tablier de cotonnette, déjà propre et tout habillée, jaillissait à son tour de l'écoutille, prenant possession du pont et, semblait-il, de l'espace, comme elle devait prendre chez elle, chaque matin, possession de sa cuisine.

Elle était aussi grosse, aussi calme que son colosse de mari. Elle regarda longtemps, sans manifester de sympathie ni d'antipathie, les hommes en kaki rangés sur le quai, certains assis sur le rebord de pierre, les jambes ballantes, à contempler les bateaux, car ils n'avaient rien à faire. Et quand certains se poussèrent du coude en éclatant de rire, elle ne broncha pas davantage.

Elle vit les gendarmes. Elle dut comprendre qu'ils étaient là pour eux, malgré leur air innocent, et elle se contenta de hausser les épaules.

— Pietje !...

Et ils essayaient d'imiter l'accent de la grande patronne.

Des hommes se montraient sur le pont des autres bateaux et s'occupaient de raidir les amarres cependant qu'on sentait flotter une odeur de café matinal.

Combien ils étaient exactement, on ne le saurait que beaucoup plus tard. Le patron, lui, ne fit que passer la tête par l'écoutille et on ne le revit plus pendant un bon moment. C'était pour appeler :

— Maria !...

Et Maria dirigea les opérations comme elle aurait dirigé son ménage. Deux matelots, sous sa surveillance, sortirent d'abord un fourneau qu'ils installèrent au pied du mât et dans lequel, quelques minutes plus tard, pétillait déjà un feu de

34

charbon. On montait des chaises, un fauteuil. À huit heures et quart, il y avait trois enfants sur le pont, dont une petite fille en rouge, aux cheveux si clairs qu'ils paraissaient blancs.

Les soldats, inoccupés, regardaient toujours. Les gendarmes aussi. Ils formaient ainsi deux groupes face à face, si près les uns des autres que les têtes des Ostendais, quand ceux-ci allaient et venaient sur le pont, frôlaient les jambes pendantes des soldats assis au bord du quai.

Seulement, les soldats plaisantaient, interpellaient les femmes en riant, tandis que les gens des bateaux poursuivaient en silence leur étrange vie familiale.

Deux grands gaillards, par exemple, venus du troisième ou du quatrième chalutier, s'approchaient de la grosse Maria et, comme des enfants avant de partir en classe, lui tendaient leur front à baiser.

Elle-même enjambait les bastingages pour aller rendre visite au bambin atteint de la rougeole et, en passant, elle donnait des conseils ou des ordres, on ne pouvait pas savoir au juste.

À huit heures et demie, il y avait plusieurs fourneaux dehors, avec des casseroles et des marmites où l'eau chantait. C'est à ce moment-là aussi que Pietje et un autre disparurent à l'intérieur de l'*Onkel Claes* pour en ressortir un peu plus tard en portant non sans peine un fauteuil à haut dossier dans lequel un vieillard était assis comme un roi africain dans son palanquin.

Des rires fusèrent encore une fois, côté soldats,

car quelqu'un avait lancé, non sans apparence de raison :

— Tiens ! L'invalide à tête de bois...

Il était difficile d'imaginer visage plus impassible que celui du vieux qui se laissait transporter de la sorte avec une dignité comique. Il ne regarda même pas autour de lui ce pays nouveau où il était arrivé la veille et qu'il n'avait pas encore vu. Son corps, vêtu de gros drap bleu marine, gardait une immobilité rigoureuse de statue et il avait une casquette de pêcheur enfoncée sur la tête.

Ce fut la patronne qui désigna la place où le mettre, au soleil, à l'arrière, près de la cabine du timonier. Quand il fut installé, elle se pencha vers lui, les mains en cornet, et lui cria quelques mots en flamand.

Le vieux ne broncha pas. Pour tous ceux qui assistaient à la scène, il ne donna pas signe de vie. Peut-être ses lèvres remuèrent-elles imperceptiblement ? Ou bien la grosse Maria était-elle initiée au langage de ses yeux qui paraissaient vides et que bordait du rouge ? Toujours est-il qu'elle comprit, qu'elle se tourna vers l'écoutille, qu'elle cria quelque chose et qu'un peu plus tard Pietje surgit avec une longue pipe à tuyau de merisier et à tête d'écume qu'on mit dans la bouche de l'impotent et qu'on alluma.

— Quarante-deux !... compta à voix haute un caporal à l'apparition d'une grosse fille enceinte qui venait à son tour tendre son front au baiser de la matrone.

C'était un petit jeu qu'ils improvisaient. Ils comptaient les humains qui sortaient les uns après les autres de ces cinq bateaux où on se demandait comment tout le monde avait pu tenir.

— Quarante-trois... Quarante-quatre...

Des tables, sur les ponts. Des nappes, blanches ou à petits carreaux. De gros bols de faïence à fleurs. Des pains noirs.

— Quarante-six...

Au centre d'accueil, l'infirmière de la veille, que tout le monde appelait Mme Berthe, avait dit qu'il devait y avoir à peu près une quinzaine de familles d'Ostendais. Quelqu'un, en prenant son service le matin, avait eu l'idée d'envoyer du ravitaillement. On voyait arriver une camionnette avec de grands boy-scouts de seize ou dix-sept ans et deux jeunes filles vêtues de clair qui arboraient des brassards. Ils descendaient de voiture, l'air important, écartaient les soldats, déchargeaient un énorme bidon fumant qui contenait du café, puis deux paniers remplis de sandwiches et des boîtes de lait condensé.

La troupe rit à nouveau, parce que c'était drôle, involontairement drôle, ces gosses d'une part, qui accouraient, affairés, pour nourrir les réfugiés, et les Ostendais, d'autre part, qui, sur le pont de leurs bateaux, venaient justement de s'attabler devant des platées de lard et d'œufs, flanquées d'épaisses tartines et de café au lait.

Les scouts restaient un peu hésitants au-dessus de l'échelle de fer. Ils se décidaient à descendre quand même, tandis que l'autre camp les observait avec une curiosité froide.

Quand le premier fut sur le point d'atteindre le pont, la grosse Maria se dirigea vers lui et secoua la tête. Le gosse parla, expliqua, montra son bidon, ses paniers. Et elle lui disait toujours non de la tête. Elle y ajoutait quelques mots de son sabir qui devaient signifier qu'ils n'avaient besoin de personne et qu'ils ne demandaient pas la charité.

La camionnette repartit avec son chargement et il en fut à peu près de même, quelques minutes plus tard, du médecin envoyé par la Préfecture pour l'enfant atteint de rougeole. L'homme descendait de sa voiture. Il était pressé. Il avait fort à faire. Il saisissait sa trousse et se dirigeait vers l'échelle, se figurant que cela allait marcher tout seul.

Lui aussi se heurtait aussitôt à la grosse Maria qui lui barrait le passage de sa masse imposante. Il expliquait :

— Médecin... Docteur... Petit malade ici...

Les soldats riaient. Les gendarmes ne pouvaient s'empêcher de sourire. L'un d'eux dit au médecin :

— Je ne pense pas que vous y arriviez...

— Je voudrais bien voir ça !... Je suis en service commandé et il s'agit d'une maladie contagieuse... S'ils font les malins, je leur f... le gosse à l'hôpital, moi !...

N'empêche qu'il dut renoncer. Il eut beau expliquer, gesticuler, menacer, il ne parvint même pas à mettre le pied sur le premier bateau.

En ville, dans les bureaux, on devait toujours s'occuper des fameux Ostendais qui, eux, ne s'occupaient de personne et qui poursuivaient leur vie matinale comme si de rien n'était sous les yeux des curieux, car, vers neuf heures et demie, alors que la plupart des femmes lavaient la vaisselle, que d'autres épluchaient des pommes de terre qui tombaient une à une dans de jolis seaux d'émail, une petite voiture arriva à son tour d'où sortit l'homme de la Préfecture.

Est-ce qu'il espérait monter, ou plutôt descendre à bord, ne fût-ce que par curiosité ? Dans ce cas, il dut déchanter. En le voyant, Maria appela, penchée sur l'écoutille :

— Omer...

Puis des mots flamands, toujours des mots flamands que personne ne comprenait et qui faisaient de ces gens-là des êtres à part.

Omer, en définitive, c'était le patron, le colosse qui avait tout dirigé la veille. Si on ne l'avait encore qu'entrevu, c'est qu'il avait procédé, à l'intérieur, à une toilette minutieuse. On le voyait maintenant tel qu'il devait être quand il se promenait par les beaux dimanches d'Ostende, son torse épais moulé dans un chandail de laine bleue presque neuf qui laissait jaillir un cou taillé comme un arbre dans une matière dure et sculpturale, avec une veste bleu marine et des pantalons de même couleur, des souliers noirs aussi luisants que des souliers vernis.

Maria s'affairait autour de lui comme autour d'un enfant qu'on envoie à la grand-messe, lui retirant un cheveu du revers de son veston, ajustant sa casquette de marin, effaçant une tache de talc sur la peau brunie, près de l'oreille. Un des garçons, aussi grand que son père et presque aussi corpulent que lui, lui apportait un gros portefeuille que l'usage avait rendu grisâtre et qui était bourré de papiers.

Omer, tourné vers les siens, leur dit quelques mots. Il regarda ensuite lentement la haie de curieux qui s'était épaissie et à laquelle s'étaient mêlés des garnements de La Pallice qui couraient entre les jambes des grandes personnes. Il fit, au fonctionnaire de la Préfecture, un vague salut de la main.

Puis, en homme habitué aux bassins des ports, il saisit l'échelle de fer dont il gravit les échelons et s'arrêta un instant sur le quai pour épousseter le genou de son pantalon.

Il se retourna une dernière fois vers les siens avec l'air de leur dire :

— N'ayez pas peur...

Et la vie continua à bord cependant que le caporal comptait tranquillement :

— Quatre-vingt-trois...

Car on avait vu au moins quatre-vingt-trois personnes sortir de l'intérieur des bateaux et passer un temps plus ou moins long sur le pont. Beaucoup d'enfants, vingt-quatre ou vingt-cinq, de tous les âges. On transportait le fauteuil du vieux, sans déranger celui-ci, dans une tache d'ombre, le soleil devenant chaud. Maria lui retirait sa pipe de la bouche, d'un geste qui devait être rituel, la vidait, la bourrait d'une main experte et la lui replaçait entre les dents.

L'invalide ne bougeait pas, ne semblait rien regarder, et il y avait toujours sur son visage tout ridé, aux prunelles humides, une expression de jubilation intense. Des enfants jouaient autour de ses jambes immobiles sans qu'il parût s'en apercevoir. Un bébé tendait ses petites mains au-dessus de son berceau, vers le ciel d'un bleu bien uni, sans un nuage, où des mouettes mettaient, très haut, leur blancheur crayeuse en accent circonflexe.

Omer, lui, restait roide et silencieux dans la petite auto de la Préfecture qui n'était pas à sa taille. Son estomac, sous le chandail, faisait une première proéminence, et son ventre, en dessous, en dessinait une seconde de beaucoup plus importante. On sentait que malgré cela il n'était pas mou, qu'il n'avait pas de chair molle, que c'était un énorme animal, puissant et bien nourri.

Il n'essayait pas, à l'instar de son compagnon, de se faire comprendre, de prononcer, comme quand on parle aux enfants, des mots d'une langue ou de l'autre, en les accompagnant de gestes.

Il attendait, en regardant défiler des rues qu'il ne connaissait pas, des maisons qui n'avaient pas la même forme que les maisons de chez lui, des gens qui allaient à des affaires qui ne le concernaient pas.

Il tenait son gros portefeuille de cuir sur ses genoux, à plat. On l'emmena d'abord dans les bureaux de l'Inscription maritime où régnait une ombre fraîche, une odeur d'encre, et où il paraissait trop grand devant l'employé à casquette galonnée d'argent qui feuilletait ses papiers de bord.

On lui parlait et il ne répondait pas. Pourquoi aurait-il parlé à son tour, puisqu'il ne comprenait pas ce qu'on lui disait et qu'on ne comprendrait pas davantage ses réponses ? Ceci admis une fois pour toutes, il n'y avait qu'à se taire.

Au surplus, il n'y avait rien à dire. Il était là. Ils étaient là, tous, avec leurs bateaux bien à eux, avec leurs femmes, leurs enfants. Ils avaient fourni un effort prodigieux pour rejoindre Ostende, des mers d'Islande où ils se trouvaient. Est-ce que cet employé à galons connaissait les mers d'Islande ? Est-ce qu'il connaissait les bateaux autrement que sur le papier ?

Non ? Alors, qu'il se taise. Il n'avait pas vu les Allemands non plus. Il n'avait pas encore entendu la canonnade. Il n'avait pas assisté à l'écroulement de rues entières. Alors ?

On ne les laissait pas continuer leur route au nom de Dieu sait quel règlement, et c'était déjà assez injuste. Encore une fois, les bateaux étaient à eux, bien à eux. Ils avaient mis assez de temps à les acquérir, à les payer, année après année. Est-ce qu'on empêchait les autres fuyards d'emporter leurs bijoux, leur argent, leurs obligations ?

Qu'on les immobilise, soit. Ils se résigneraient à rester ici. C'était idiot, car les Allemands viendraient, ils le savaient, eux qui arrivaient de là-haut. Et c'était suffisamment amer de se dire qu'on avait déployé tant d'énergie pour parvenir à cette stupidité.

Mais abandonner les chalutiers, non !

Il disait « non » tranquillement, en lui-même, et

ce n'était pas un non en l'air, c'était un non bien réfléchi, avec, d'avance, l'acceptation de tout ce qu'il comportait comme conséquences.

Le visage d'Omer disait non. Tout son grand corps dur comme de la pierre disait non.

À part ça, qu'on le traîne de bureau en bureau, qu'on le fasse attendre pendant que des gens qui n'y connaissaient rien essayaient de déchiffrer ses papiers, cela lui était égal. Il avait tout le temps. Il ne se donnait pas la peine de les regarder faire, ni d'écouter les coups de téléphone qu'ils échangeaient à son sujet.

Par exemple, quand l'employé fit mine de garder ses papiers, de les glisser dans son tiroir, il les reprit d'un geste calme, d'une autorité telle que l'autre n'osa pas protester.

Ces papiers-là, c'était à lui aussi, à lui seul. C'étaient en quelque sorte les actes de naissance des bateaux et on ne se sépare pas de cela.

Où le conduisait-on maintenant, après avoir rempli des tas de formules et avoir essayé en vain de les lui faire signer ? Il suivait, pénétrait dans la cour de la Préfecture, gravissait un escalier, attendait, debout, la pipe aux dents, dans un bureau où des dactylos chuchotaient en riant.

Était-ce de lui qu'on riait ? Cela lui était indifférent. Tant pis pour eux s'ils le considéraient comme une bête curieuse. Il le leur rendait bien et, du moment qu'il n'en faisait qu'à sa tête... Or, personne au monde ne l'empêcherait d'en faire à sa tête. Il l'avait promis à Maria. Il l'avait promis aux garçons. Il leur avait répété en partant :

— N'ayez pas peur…

Il ne demandait rien à personne. Qu'on ne s'occupe pas d'eux, qu'on les laisse en paix, et tout irait bien.

Cartes d'identité ? Bon. Cela, il l'avait compris. Il les avait toutes sur lui, celles des hommes et des femmes des cinq bateaux, des cartes neuves, d'un bleu soutenu, et des vieilles, toutes usées et pâlies, avec du papier collant à la pliure.

Qu'est-ce qu'ils avaient à froncer les sourcils ?

— Petermans…

C'était lui. Et après ? Omer Petermans… Est-ce que c'était extraordinaire de s'appeler Petermans ?

— Permeke… Van Hasselt… Claes… Vermeiren… Ramakers… De Greef… Jostens… Snyers…

Le scribe levait sur lui des yeux étonnés. Étonné de quoi ? De leur nombre ? C'était pourtant tout simple. Il y avait cinq chalutiers à six hommes en moyenne par bateau. La plupart des hommes étaient mariés. Beaucoup avaient des enfants. Est-ce qu'on allait laisser tout ça à Ostende, sous le bombardement ?

— À bord ?… Tout le monde à bord ?… Combien ?… questionnait l'autre.

Il n'en savait rien. Il ne les avait pas comptés. Et l'employé maniait les cartes d'identité comme un jeu de cartes pour en faire le compte.

Il arrivait au chiffre de soixante-quatre, mais il y avait des enfants en dessous de seize ans qui ne possédaient pas encore de papiers.

On discutait de leur sort, devant lui, en sachant qu'il ne comprenait pas.

— On ne peut pas les mettre dans les baraques du centre d'accueil, car ils immobiliseraient à eux seuls tout un bâtiment indispensable pour les passages...

On téléphonait. On parlait d'autres papiers dont ils avaient besoin, de lits vides dans des maisons de Fétilly, en banlieue.

Alors, on le faisait remonter dans la voiture minuscule et il traversait une partie de la ville, côtoyait un parc magnifique où chantaient des oiseaux et où, comme si rien n'était arrivé, des jets d'eau tournants lançaient une pluie fine sur le gazon. Dans un square, deux jardiniers au classique chapeau de paille à large bord replantaient en quinconce des géraniums d'un rouge ardent.

Fétilly, c'étaient de petites maisons blanches, des maisons d'ouvriers ou d'employés, autour d'une église trop neuve. Les deux hommes descendaient. Au fond d'une cour se dressait un ancien bâtiment qui avait dû servir d'écuries au temps où Fétilly était encore la campagne.

On le regardait, interrogateur. Des réfugiés belges, mais qui n'étaient pas des Flamands, qui ne comprenaient pas le flamand, cuisaient leur dîner en plein air.

Avait-on enfin compris qu'il ne ferait que ce qu'il voudrait ? Il observait tout autour de lui en tirant des bouffées de sa pipe, puis il secouait la tête. Cela voulait dire non. Ce n'était pas pour eux. Ils n'étaient pas des mendiants. Ils étaient venus avec leurs bateaux. Si on empêchait les femmes et les enfants de vivre à bord — et cela, il

45

acceptait à la rigueur de le comprendre —, il fallait au moins leur donner une habitation décente. D'ailleurs, ils avaient tout ce qu'il fallait avec eux, leurs meubles, leurs ustensiles de ménage, leur linge. Ils ne demandaient rien à personne.

Les réfugiés le regardaient s'éloigner et l'homme de la Préfecture le suivait, le conduisait ailleurs, dans le camp, en face de la gare, où il y avait des gens partout, assis sur la pelouse, couchés sur des paillasses, des gens qui mangeaient, qui se lavaient, qui faisaient leur lessive ou qui jouaient aux cartes.

Dans une baraque, où l'on contrôlait les réfugiés belges et où on ne parlait pas le flamand, il dut encore une fois exhiber ses pièces d'identité.

— Hello, Omer !...

— Hello, Gustave...

Ils ne paraissaient étonnés ni l'un ni l'autre de se retrouver là. Ils habitaient la même rue, à Ostende. Gustave Van de Waele était menuisier de son métier et c'était lui qui avait fait le buffet de cuisine en pitchpin des Petermans, dix ans plus tôt, quand ils avaient remonté presque tout leur ménage à neuf.

— Tes bateaux ?

— Ils sont ici...

— Moi, je suis venu en partie par le train, en partie à pied, en partie sur un corbillard...

C'était vrai. Le corbillard était là, dans un coin du terrain vague.

— J'ai perdu ma femme en route... Des avions nous mitraillaient... On s'est couchés dans les

46

champs... Puis on a dû repartir précipitamment et je n'ai pas revu Zulma... Tu sais comment elle est... Toujours en retard... Qu'est-ce qu'ils te veulent ?

Il désignait deux jeunes filles occupées à remplir les vides de belles cartes imprimées. Encore des papiers ! Qu'ils s'amusent à cela, puisqu'ils n'avaient rien d'autre à faire.

— On n'est pas mal ici, tu sais...

Un Gustave Van de Waele, peut-être. Lui, Omer, était arrivé avec cinq bateaux qu'il avait sauvés. Est-ce qu'on finirait, oui ou non, par comprendre ?

— On va boire la goutte ?

Non. D'ailleurs, on l'entraînait autre part, dans des bureaux où s'affairaient cette fois des messieurs de la marine de guerre.

— Le préfet pense qu'il serait peut-être intéressant de... si les règlements ne s'y opposent pas et si vous en preniez la responsabilité...

Téléphone.

— Allô... L'Intendance ?...

Puis Rochefort. Puis Bordeaux. Et lui, toujours placide et sûr de lui. Et la grosse Maria, à bord, qui installait son ménage sur le pont comme si elle avait été chez elle, des femmes, des belles-filles ou d'autres — ils étaient tellement nombreux qu'on ne s'y reconnaissait pas —, qui lavaient le linge, faisaient la cuisine, l'une même qui astiquait la cloche en cuivre d'un des chalutiers.

Ils étaient presque aussi nombreux, sur le quai, à les regarder, qu'eux à vivre leur vie quotidienne sous le ciel, et des hommes noirs de cambouis sortaient parfois du cinquième bateau, celui qui avait une avarie de machine qu'ils étaient déjà en train de réparer.

Il y eut un nouveau passage d'Omer à la Préfecture et d'autres coups de téléphone avec la mairie d'un village nommé Charron.

— Allô !... Passez-moi le maire...

Le maire était malade. Il se mourait. La guerre n'empêche pas les gens d'être malades, ni de mourir de maladie. C'était l'institutrice, qui servait de secrétaire de mairie, qui répondait au bout du fil. Elle avait quitté, pour répondre à la sonnerie, sa classe où les gosses en profitaient pour piailler, et elle se tenait penchée sur le grand bureau, dans la salle blanchie à la chaux, entourée de bancs, où il y avait une statue de plâtre de la République, deux drapeaux croisés et les guirlandes en papier poussiéreux qui avaient servi pour la dernière fête du village. On voyait aussi l'ordre de mobilisation générale, déjà jauni, et, dans un cadre noir, la liste des morts de la précédente guerre.

— Combien dites-vous ?

— Une centaine...

— Voulez-vous vous taire, vous autres...

— Comment ?

— Je parle aux enfants...

On oubliait les enfants. On oubliait les classes.

— Ils ont tout ce qu'il leur faut avec eux...

L'homme de la Préfecture avait soin de ne pas ajouter que ses clients ne parlaient pas un mot de français. Pas la peine d'alarmer d'avance la population.

— Ce sont des Belges ?

— Des pêcheurs... Il y a beaucoup d'enfants...

Inutile aussi de dire à l'avance que l'un d'eux était atteint de la rougeole.

— Dans une heure ou deux, oui... Faites le nécessaire...

Et là-bas, dans un village tout blanc, au bord de la baie, parmi les prairies plates d'où seul le clocher carré émergeait des maisons basses, l'institutrice, Mlle Delaroche, pénétrait dans sa classe, l'air affairé, pour licencier les enfants.

Tandis que ceux-ci s'éparpillaient dehors, dans le soleil poudreux, elle allait, nu-tête, en corsage blanc sur sa jupe bleue, jusqu'à la quincaillerie afin d'alerter le quincaillier qui était en même temps garde champêtre.

Celui-ci, Agat, abandonnait la pompe à vélo qu'il était occupé à ressouder et passait le baudrier de son tambour, cherchant déjà des yeux sa casquette galonnée et sa plaque de cuivre.

— Avis !... La population est avisée de...

Les autorités, soudain, étaient prises d'une hâte fébrile. Il y avait vingt-quatre heures qu'on ne parlait que de ces Ostendais qui devenaient un cauchemar dont on avait hâte de se débarrasser. Comme si, de rester sur leurs bateaux amarrés à La Pallice, ils constituaient un danger pour la sécurité du territoire.

On ne les comprenait pas. On ne savait pas ce qu'ils voulaient au juste. On sentait seulement comme une sourde résistance à l'ordre établi, comme une hostilité latente, et cela créait un malaise.

— Envoyez-leur deux autocars et quelqu'un du centre d'accueil pour les accompagner... Peut-être l'infirmière qui parle le flamand...

C'étaient les autobus de la ville qu'on mobilisait de la sorte pour transporter les réfugiés dans les villages. Les Ostendais les virent arriver sur le coup de midi, alors qu'Omer n'était pas encore rentré à bord, et ils ne bronchèrent pas, feignirent de ne pas comprendre que c'était pour eux. Les conducteurs, de leur côté, n'avaient pas d'instructions, les gendarmes non plus, ni personne.

L'eau descendait, la marée baissait, les curieux, maintenant, sur le quai, étaient à plusieurs mètres au-dessus des gens des bateaux qui attendaient le patron pour se mettre à table.

À Charron, on courait de maison en maison, on s'interpellait de seuil à seuil, on harcelait Mlle Delaroche.

— Est-ce qu'ils auront mangé ?

On ne savait pas. Ne valait-il pas mieux leur préparer quelque chose ?

Les villages voisins avaient presque tous leurs réfugiés. Certains, qui avaient été servis les premiers, plusieurs mois auparavant, avaient reçu des Alsaciens. Ceux-ci ne parlaient pas le français. On avait eu un peu peur, au début, mais tout le monde avait fini par convenir qu'ils étaient tranquilles, et surtout que les femmes étaient très propres. Certaines avaient repeint elles-mêmes, à

leurs frais, les chambres qu'on leur avait aban-
données.

Il y avait de bons réfugiés et de mauvais. C'était
au petit bonheur la chance.

— Dites, mademoiselle Delaroche...

Le mieux était de tout apporter à la mairie, du
café, du vin, des victuailles. Que chacun donne
selon ses moyens.

— Vous croyez qu'ils ont vraiment des lits ?

En tout cas, il leur faudrait des draps, des ber-
ceaux. Et voilà pourquoi les femmes de Charron
allaient et venaient, sous le soleil de midi, comme
autant de fourmis, montant dans les greniers où
elles secouaient la poussière, appelant les hommes à l'aide, courant chez les voisines puis à la
mairie où il n'y avait jamais eu tant de monde.

Les deux autobus vides attendaient toujours le
long du quai. Les conducteurs avaient fini par
aller boire le coup à l'ombre, dans un petit café
voisin. Les soldats mangeaient le contenu de leurs
gamelles et enfin Omer arrivait dans la petite
auto et descendait à bord.

On ne pouvait pas savoir ce qu'il leur disait.
Quelques phrases seulement, puis ils se mettaient
tous à table, ils mangeaient en regardant vaguement les curieux qui les observaient.

Un camion de cinq tonnes vint se ranger derrière les autobus, pour les meubles et les bagages,
puis Mme Berthe, l'infirmière qui parlait le flamand, se présenta avec un boy-scout.

Selon les prévisions de la Préfecture, c'était
l'heure de partir et il n'y avait rien de prêt, per-

sonne ne bougeait parmi les Ostendais qui continuaient paisiblement leur repas.

La grosse Maria eut seulement un coup d'œil pour Omer. Omer se tourna vers Mme Berthe qui se tourna elle-même vers le camion vide. Ils n'avaient échangé que quelques mots et Mme Berthe se dirigea vers le bistrot voisin pour téléphoner.

C'était l'heure de midi et il n'y avait plus personne, parmi les responsables, à la Préfecture, de sorte qu'il fallut attendre deux heures pour voir arriver un camion supplémentaire, et enfin un troisième.

Alors seulement les Ostendais acceptèrent de bouger. Les hommes descendirent dans les cales, après avoir écarté les chauffeurs qui voulaient les aider.

Cela ne regardait qu'eux. C'étaient leurs affaires qu'ils sortaient précieusement des bateaux et qu'ils hissaient à terre pour les arrimer dans les camions.

Il y avait des lits, des tables de nuit, des armoires à glace, des salles à manger complètes. Il y avait même un piano qu'on hissa à l'aide du mât de charge et dont l'arrimage dura près d'une demi-heure.

Puis encore des caisses, des jambons entourés d'étamine, un tonneau qui contenait Dieu sait quoi, un baril de pétrole.

La grosse Maria allait et venait tandis que l'invalide à tête de bois restait imperturbable, sa pipe vissée entre les dents, au milieu de l'effervescence.

On avait groupé tous les enfants sur le dernier

52

bateau et les plus jeunes parmi les femmes leur faisaient, à même le pont, leur toilette du dimanche. Les garçons, pour la plupart, portaient maintenant des costumes marins et les filles des robes bleues, blanches ou vertes, avec de gros nœuds qu'on plantait dans leurs cheveux filasse.

L'homme de la Préfecture vint trois ou quatre fois toujours dans sa petite auto qui faisait un bruit de ferraille quand il démarrait ou qu'il stoppait. Il était impatient. Tout le monde était impatient. À Charron, on n'y comprenait rien. On attendait les réfugiés. Il y avait un repas chaud servi dans la salle de la mairie où l'on avait dressé des tréteaux et où ces dames commençaient à désespérer.

Les Ostendais, eux, impassibles, continuaient sans fièvre leur déménagement, et il en sortait toujours de toutes les écoutilles et des cales, de tout, des rideaux, un banc de menuisier, une machine à laver d'un modèle perfectionné que les gens de La Pallice et les soldats n'avaient jamais vu, trois voitures d'enfants, des jouets, des draps de lit, des quantités incroyables de draps de lit que les hommes transportaient par piles en prenant la précaution de ne pas les salir et que les femmes suivaient des yeux comme un trésor.

Le premier camion, une fois rempli, voulut partir, mais Omer l'en empêcha, l'air presque menaçant. Les heures passaient. Les Ostendais n'étaient pas pressés.

Les trois camions chargés, ce fut le tour des femmes d'aller faire leur toilette à l'intérieur des bateaux et on les vit sortir enfin endimanchées, avec des robes de soie tendues sur des corsets, des chapeaux et des gants.

On emporta l'enfant malade dans des couvertures. Et on prenait place dans les autobus comme pour se rendre à une noce, en ayant soin de ne pas friper les belles robes.

Sur chaque bateau, un homme restait, un des fils d'Omer sur le premier, et on sentait à leur air que personne ne monterait à bord, que le patron leur avait donné la consigne.

Pendant les derniers moments de chargement, on avait installé l'invalide, toujours dans son fauteuil, sur le quai même. On essaya en vain de faire pénétrer le fauteuil, avec son occupant, par la portière de l'autobus. Le fauteuil ne passait pas. Alors, on débarrassa l'arrière d'un des camions et on hissa sur la plate-forme le vieux, toujours assis sur son siège.

Il n'avait pas l'air étonné. Il n'avait pas lâché sa pipe et un des garçons prit place près de lui, le convoi s'ébranla lentement, la voiture de l'infirmière et du scout en tête, puis les cars, puis les camions, avec le vieux, dans le dernier, qui suivait des yeux le sillage de poussière et dont la tête dodelinait enfin, perdant son immobilité sculpturale, à cause des cahots.

Du bistrot, l'homme de la Préfecture pouvait téléphoner aux gens de Charron :

— Ne vous impatientez pas... Ils arrivent...

Il était sept heures du soir et la marée recommençait à soulever les bateaux dont les cheminées montaient lentement au-dessus du niveau du quai.

3

Le fait qu'un des Ostendais était ivre fut évidemment la cause principale de ce qui arriva, il vaudrait mieux dire la cause immédiate, car, tôt ou tard, les mêmes faits ou des faits semblables ne se seraient-ils pas produits ?

On ignorait qu'il avait bu. Ce n'était ni un Petermans, ni un Claes, ni un Vermeiren ou un Van Hasselt : autrement dit, il n'était à aucun degré parent avec Omer, comme beaucoup l'étaient à bord. À plus forte raison avec l'oncle Claes, l'invalide à la pipe, qui, au-dessus d'Omer lui-même, constituait la vraie souche du clan. Car c'était avec les économies du vieux, qui ne savait ni lire ni écrire et qui avait fait la morue à Terre-Neuve pendant cinquante ans, qu'on avait acheté le premier bateau.

D'autres, parmi les hommes qui étaient là, possédaient des parts sur tel ou tel chalutier ; Vermeiren, par exemple, le beau-père de Maria, fille d'Omer, celle qu'on appelait la jeune Maria et qui attendait un bébé, était le principal actionnaire du bateau qui portait le nom de sa bru : *De Jonghe Maria...*

Seppe, lui, n'était qu'un simple pêcheur, qui était à peine à bord depuis dix ans. C'était un des rares célibataires du groupe, un rouquin court sur ses jambes, au front têtu, au visage comme gonflé de sève, et les gens qui ne le connaissaient pas lui trouvaient un air sournois.

Seppe, cependant, n'avait pas dû voler le cruchon de genièvre dans la réserve. Plus probablement l'avait-il trouvé à la dérive pendant le déménagement qui avait fait découvrir des tas de choses auxquelles on ne pensait plus. Il s'était caché pour boire un coup, puis un autre, entre deux allées et venues sur le pont et aux camions. De gorgée en gorgée, il avait vidé le flacon de grès et c'est seulement dans l'autocar qu'une des femmes, celle de De Greef, qui louchait, et qui était assise à côté de lui, avait remarqué :

— Tu as bu, Seppe. Tu sens la goutte...

Elle avait lancé ça en l'air, sans conviction, et Seppe avait rougi, s'était renfrogné dans son coin.

Une autre cause, sans doute, moins directe mais peut-être plus profonde, c'était la question des kilomètres. Tandis que le convoi traversait des campagnes plates semées de villages blancs d'où parfois on découvrait le miroir de la mer sous le soleil qui déclinait, Omer, assis à côté du premier chauffeur, n'avait d'attention que pour les bornes kilométriques et, à mesure qu'on avançait, son front se rembrunissait. Si un chemin qu'on parcourt pour la première fois paraît toujours plus long, les bornes kilométriques, elles, ne trompent pas.

56

À Marsilly déjà, le second village traversé, il crut qu'on était arrivé et il lança un regard oblique au chauffeur qui poursuivait sa route. À Esnandes, trois kilomètres plus loin, il était tellement persuadé qu'on y était qu'il s'apprêta à descendre.

Or, après Esnandes, on franchissait encore une vaste étendue de prés-marais tout au bout de laquelle on distinguait à peine un clocher bas. La mairie de Charron est loin dans le bourg, à la sortie de celui-ci. Omer crut que ce n'était pas encore fini et alors il se leva à demi sur son siège, une telle détermination sur le visage que le chauffeur crut qu'il allait arrêter la voiture.

La petite auto, devant eux, s'arrêtait enfin à un tournant. Les cars et les camions stoppaient derrière. Omer descendait et Omer, au lieu d'être attentif à ce qui se passait autour d'eux, ne pensait qu'à ses kilomètres.

La population qui les attendait, il ne la vit pas, il ne lui accorda qu'un sombre coup d'œil. Dans l'état d'esprit où il se trouvait, il ne pouvait pas deviner que ces femmes rangées des deux côtés de la route, groupées devant la mairie qui avait arboré un drapeau belge à côté du drapeau français, s'occupaient depuis le matin de leur réception.

Il descendit et, tout de suite, se dirigea vers l'infirmière, Mme Berthe, à qui il dit brutalement en flamand :

— Il y a dix-neuf kilomètres...

Or, les Ostendais, hommes et femmes, les enfants eux-mêmes, eût-on juré, avaient l'habitude de le suivre et de calquer leur humeur sur la sienne.

Voilà pourquoi personne ne sourit à la population. La secrétaire de mairie, Mlle Delaroche, voulut aider une des femmes à descendre un garçonnet du car et la femme, qui ne savait pas ce qu'on lui voulait, laissa tomber sèchement :

— *Dank u...*

Ce qui signifie merci. Les gens de Charron l'ignoraient encore. C'est le premier mot qu'ils entendirent et qu'ils allaient entendre souvent, et les gamins malicieux, voire des hommes, s'amusèrent tout de suite à le déformer dans un sens graveleux.

— *Dank u...*

Les Ostendaises, les Ostendais n'avaient besoin de personne, et un moment on se demanda, tant le grand chef paraissait sombre et furieux, s'ils n'allaient pas remonter dans les véhicules et repartir. Mme Berthe faisait tout son possible, expliquait que tous les villages plus proches de La Pallice étaient déjà bourrés de réfugiés belges qui travaillaient dans les usines et qui devaient être nécessairement logés à proximité de celles-ci.

Omer hochait la tête. On l'avait trompé. À la Préfecture, on lui avait dit qu'il y avait douze kilomètres à peine. On lui avait affirmé aussi que Charron était au bord de la mer. Or, le village se trouvait tout au fond de la baie de l'Aiguillon où, à marée basse, il n'y avait guère que de la vase plantée de pieux qui servaient à l'élevage des moules.

— Les gens du village vous ont préparé à dîner à la mairie. Ils vous attendent depuis midi, traduisait Mme Berthe avec anxiété.

Avant de rien accepter, fût-ce un repas, il voulait savoir où on allait les loger.

Ainsi n'y avait-il aucun contact entre les deux groupes. Les robes de soie, les bagages qu'on découvrait, les meubles, les piles de linge déroutaient les gens de Charron qui attendaient des réfugiés et qui s'étaient apitoyés à l'avance sur leur dénuement.

Les Ostendaises ne voulaient pas de pitié.

La lumière, avec le soleil qui déclinait, devenait d'un or lourd, comme mielleux. Il y avait des fleurs en bordure devant la plupart des maisons passées à la chaux, et ces maisons, à de rares exceptions près, n'avaient pas d'étage. Souvent, par les portes ouvertes, on entrevoyait un grand lit de noyer avec son édredon rouge, dans la cuisine, sous le portrait des vieux.

Omer s'éloignait en compagnie de l'institutrice et de Mme Berthe qui servait toujours d'interprète. Quelques femmes du village en profitaient pour s'approcher des Ostendaises. Elles voulaient les inviter à entrer à la mairie, impatientes de montrer tout ce qu'elles avaient fait en l'honneur de leurs hôtes. Mais les Ostendaises, en l'absence du grand patron, copiant leur attitude sur celle de la grosse Maria, restaient sur la défensive, debout autour des cars et des camions.

À deux cents mètres environ, sur la route départementale qui est en même temps la principale rue de Charron, il y avait une maison plus vaste que les autres, la seule comportant deux étages. C'était l'ancienne gendarmerie, désaffectée depuis longtemps. Elle était vide, complètement vide, avec ses murs blancs et ses lambris noirs, ses planchers qu'on avait balayés le jour même et toutes ses fenêtres ouvertes depuis midi pour chasser l'odeur de renfermé. Derrière, une cour carrée, sans un arbre, qui ressemblait à une cour de caserne, et tout au fond des cabinets avec portes à claires-voies et des écuries.

— Vous pourrez déjà installer ici quelques familles. Pour les autres, nous avons préparé une petite maison au bout du village, dont les occupants sont partis rejoindre leur fille dans le Midi. Il y a aussi des chambres par-ci par-là, de très bonnes chambres...

On voulut lui en montrer une, chez une petite vieille qui avait bouleversé toute sa maison pour faire de la place. C'était au fond d'une cour, une bicoque de deux pièces, propre mais délabrée, avec un fouillis de fleurs et de légumes autour. La vieille était émue.

Elle répétait :

— Les pauvres gens...

Tandis qu'Omer examinait d'un œil froid la pièce dont il ne voulait pas, parce qu'il fallait, pour l'atteindre, traverser la cuisine où couchait son hôtesse.

— Qu'est-ce qu'il dit ? Vous savez, j'ai encore un lit-cage pour un enfant dans la remise, s'ils en ont besoin...

Mme Berthe savait que ce n'était pas la peine de traduire.

— On verra tout cela demain... répliquait-elle.

La caserne, tout au moins, semblait avoir l'agrément de l'Ostendais. Il revint gravement vers le convoi, adressa à la grosse Maria un signe de tête qui signifiait :

— On reste...

Le signal se transmit aux autres, comme un frémissement populaire forme des vagues dans la foule, et alors seulement deux hommes descendirent du dernier camion l'oncle Claes toujours assis dans son fauteuil.

— Nous avons tout ce qu'il faut pour dîner... objecta Omer à Mme Berthe qui lui reparlait du dîner les attendant à la mairie.

— Si vous n'acceptez pas, vous leur ferez de la peine...

Ils acceptèrent, à contrecœur. Ils entrèrent, les uns derrière les autres, dans la salle qui servait pour le bal du 14 Juillet, regardèrent les tables improvisées, les couverts, les bancs, les guirlandes de papier poussiéreux. Et, dans un coin, les plus importantes de ces dames du village qui attendaient autour de plusieurs gros chaudrons.

On les servait déjà. De temps en temps, on essayait, après leur avoir souri, de leur faire comprendre quelques mots de français. On leur avait préparé un plat du pays, la mouclade, c'est-à-dire des moules à la crème et au curry.

Est-ce que les Ostendais n'aimaient pas les moules ? La grosse Maria goûtait, faisait une gri-

mace, puis disait quelques mots et aussitôt les
femmes du clan empêchaient les enfants de toucher à leur assiette. À cause du curry, auquel les
Flamands ne sont pas habitués. Les gens de Charron ne pouvaient pas le savoir. Ce qui les vexa davantage encore, ce fut de voir des réfugiés, qu'on
accueillait du mieux qu'on pouvait, examiner leurs
couverts avec méfiance et les essuyer avec leur
mouchoir.

C'étaient des couverts en fer, empruntés au res-
taurant de *La Cloche*. On s'en servait pour les
noces et, si le temps les avait noircis, ils n'en
étaient pas moins propres.

Il y avait aussi un ragoût et on ne pouvait pas
changer les assiettes pour tant de monde. La fille
du maire n'avait-elle pas épluché des pommes de
terre pendant des heures ? La vieille dame à cheveux blancs qui dirigeait les opérations n'était-elle
pas la veuve d'un notaire qui avait habité Paris
pendant quinze ans ?

Si seulement on avait pu parler ! Le seul mot
qu'il était possible d'arracher aux Ostendais, et
surtout aux Ostendaises, c'était un froid :

— *Dank u...*

Cela paraissait froid, en tout cas. Les sourires
étaient comme vinaigrés.

Pendant les premiers moments, Mlle Delaroche
était parvenue à empêcher les gens qui n'avaient
rien à y faire de pénétrer dans la salle. Ensuite
des gamins avaient commencé à se faufiler, puis
des femmes qui prétendaient aider et, en fin de

compte, il y avait au moins cinquante personnes à regarder manger les Flamands.

Les hommes, qui revenaient des bouchots, en toile bleue et en sabots, s'étaient approchés petit à petit, eux aussi, pour jeter un coup d'œil. Les gosses, à l'extérieur, grimpaient sur l'appui des fenêtres et collaient leur visage aux vitres.

— On nous prend pour des bêtes du jardin zoologique, remarqua la grosse Maria à voix haute.

Et ce fut un détail futile qui déclencha l'incident. Seppe, qui avait le sang à la tête et la nuque rouge comme une tomate, mangeait d'un air sombre, à côté de l'oncle Claes. Une des filles Petermans, Bietje, la plus amusante, qui n'avait que dix-huit ans, donnait la becquée au vieil impotent.

Pour les gens du clan, c'était un spectacle quotidien auquel ils ne prenaient plus garde. Or, c'était quand même un spectacle assez curieux, qui n'allait pas sans un certain côté comique.

Le vieux pêcheur de morue, toujours assis dans son fauteuil — on se demandait s'il le quittait pour dormir et si, alors, il restait plié en trois, dans la pose qu'il gardait toute la journée —, le vieux pêcheur de morue demeurait hiératiquement immobile, le regard toujours fixé devant lui.

Chaque fois que Bietje approchait la cuiller ou la fourchette de sa bouche, il ouvrait celle-ci d'un mouvement mécanique, si mécanique, si sec que cela faisait penser aux personnages de bois qui, à la foire, ouvrent la bouche toute grande pour y engloutir les balles lancées par les spectateurs.

C'est de la même façon qu'il ingurgitait les aliments, sans mâcher. Les dents — ou le râtelier — se refermaient avec un claquement pour s'ouvrir machinalement quelques secondes plus tard.

Est-ce de cela que les jeunes gens riaient ? Ils étaient trois ou quatre à une fenêtre, juste en face du vieux et de Seppe, des gaillards de vingt ans qui revenaient de la mer et qui se poussaient du coude, échangeaient des plaisanteries qu'on n'entendait pas à travers les vitres.

Il y avait un bon moment que Seppe les regardait en dessous et ruminait sa colère. Et ils n'étaient pas les seuls. Une véritable foule avait envahi la pièce et les regardait manger en échangeant des remarques qui étaient peut-être désobligeantes, qu'en tout cas on ne comprenait pas.

Des rires fusaient parfois et Seppe se méprit sur leur cause véritable. Il ne pouvait pas voir, derrière lui, Pietje qui faisait le comique. Car Pietje était le comique du clan. Son long visage maigre était comme en caoutchouc et il le triturait comme il voulait.

Pour le moment, il amusait les gamins avec ses grimaces. Il louchait, se caressait le bout du nez avec la langue, qu'il avait invraisemblablement longue. Puis il leur offrait son numéro favori. Il saisissait sa joue gauche entre deux doigts, tenant son éternelle chique à travers la peau, comme on tient un caillou dans un lance-pierre. Cette joue s'étirait de façon incroyable et soudain Pietje lâchait prise, on devinait la chique qui bondissait et qui allait se caler dans l'autre joue qui se gonflait à son tour.

Mais ce n'était pas de Pietje que riaient les jeunes gens de la fenêtre. C'était de l'oncle Claes. Et, quand il avait bu, Seppe se sentait plus de vénération pour l'invalide que s'il eût appartenu à la famille.

On l'entendit grommeler à mi-voix. Un des jeunes gens imita les mouvements de mâchoire du vieux et soudain Seppe n'y tint plus. Le mouvement fut si rapide que personne ne le vit. La fourchette lui partit des mains et alla briser la vitre qui vola en éclats.

Le hasard voulut qu'un gamin du pays, qui jouait dehors, reçût un éclat de verre à la joue et un peu de sang coula, on amena le gosse dans la salle, hurlant de rage bien plus que de douleur.

Les gars entraient, eux aussi, calmes, menaçants, et les Ostendais se levèrent.

Le couchant, d'un rouge somptueux, mettait ses reflets sur tous les visages. Les femmes entouraient le petit blessé. Omer, énorme, debout à sa place, attendait.

Les Charronnais hésitaient encore à s'approcher. Les deux clans se regardaient comme pour se mesurer et il ne fallait plus qu'un geste pour déclencher la bagarre.

Mlle Delaroche se précipita vers l'enfant. Mme Berthe, toujours en blouse d'infirmière, son voile un peu de travers, se tenait près des Ostendais.

— Il ne faut pas... prononça-t-elle en flamand.

Puis elle répéta, en français :

— Il ne faut pas...

Une femme cria :

— C'est dégoûtant... Ils sont ivres...

Car Seppe, titubant, Seppe chez qui l'ivresse faisait soudain des progrès effrayants, se dirigeait vers les hommes de Charron, poings serrés, la tête en avant, en se balançant comme un ours.

Ce fut Omer Petermans qui évita le pire. Il reçut, comme un message, un coup d'œil de la grosse Maria. Alors, calmement, il fit deux pas en avant, étendit le bras, sans frapper. Sa large main se posa sur le visage de Seppe, en plein milieu, s'y écrasa lentement, et il repoussa le pêcheur d'un mouvement large, irrésistible, l'envoya rouler parmi les chaises et les tables.

Après quoi il se tourna vers ceux d'en face. Il avait fait son devoir. À présent, s'ils tenaient à ce que cela continue...

Cela ne continua pas. Mlle Delaroche avait eu l'inspiration d'emmener l'enfant dans la salle de classe pour le soigner et les femmes de Charron la suivaient. Les mâles s'éloignèrent à leur tour, à regret, car ils n'avaient pas peur, ils ne voulaient pas qu'on pût penser qu'ils avaient peur, ils reculaient seulement parce qu'ils gardaient le sentiment de l'hospitalité.

Ils restèrent debout, par petits groupes, en face de la mairie où stationnaient toujours les camions. Ils ne purent empêcher un des jeunes de lancer une pierre dans la direction d'un de ceux-ci où l'on voyait, dépassant de la bâche, un portrait de l'oncle Claes.

Le verre éclata. Le papier se déchira, près du front.

— Reste tranquille… dit-on à l'excité.

Et, pour éviter que cela ne recommence quand les Ostendais sortiraient, des camarades l'emmenèrent au *Café de la Cloche*.

Tel fut le premier soir des Ostendais à Charron. Avec, en plus, quelques mots malheureux, quelques phrases imbéciles :

— Ils parlent exactement comme les Boches…

— Qui est-ce qui nous dit que ce ne sont pas des Boches ?

On ne mangeait plus, à l'intérieur. On s'apprêtait à sortir, on sortait, Omer en tête, Maria à côté de lui, toujours un peu en retrait. Puis les garçons portaient le fauteuil de l'invalide impassible.

Les groupes, dehors, s'écartèrent. C'était l'ultime protestation contre ce qui venait de se passer. On les regardait de loin, en silence. Il y avait de braves femmes pour murmurer :

— On ne peut pas leur en vouloir… Après tout ce qui leur est arrivé !… Mettez-vous à leur place… Leur ville est brûlée… Leur maison n'existe plus… Ils ont tout perdu…

D'autres répliquaient, désignant les camions pleins à craquer :

— Tu trouves qu'ils ont tout perdu, toi ?

Les véhicules s'éloignèrent vers la caserne, avec les Ostendais qui suivaient, les hommes, les femmes, les enfants, le vieux dans son palanquin qui ne faisait plus rire. Et le soleil se couchait au fond de la baie, assombrissant jusqu'au bleu le vert des prairies, mettant des ombres violettes au pied des murs dont le blanc devenait intense.

Ils déchargèrent eux-mêmes leurs affaires, pendant près de deux heures, et à la fin le crépuscule était tombé, malgré l'heure d'été. Les femmes s'agitaient, à l'intérieur, montaient les lits des enfants qu'on couchait au fur et à mesure.

Comment s'arrangeaient-ils, là-dedans, on n'en savait rien. Il y eut quelques paysannes pour offrir leurs services :

— *Dank u…* leur répondait-on plus sèchement.

Est-ce qu'ils avaient demandé à être là ? Avaient-ils sollicité la charité ? Ils s'en allaient tranquillement, par leurs propres moyens, pour fuir l'Allemand qu'ils avaient assez vu en 1914, et c'étaient les Français qui les empêchaient d'aller plus loin, parce qu'ils se croyaient plus malins que les autres, parce qu'ils s'imaginaient encore qu'ils allaient arrêter la marée grise.

On ne se bat pas contre un mur et les règlements constituent le plus implacable des murs.

Omer avait cédé. Il avait cédé à contrecœur, de l'amertume dans l'âme, de la rancœur aussi, parce qu'il avait conscience d'avoir fait tout ce qui est humainement possible pour sauver les siens, pour sauver ses bateaux qu'il comptait parmi les siens, et qu'on jetait tout ça par terre au nom de Dieu sait quels papiers imprimés.

Ils auraient encore dû dire merci lorsqu'on leur servait à manger et qu'on venait les regarder comme des bêtes curieuses, lorsqu'on leur offrait des chambres chez des vieilles femmes qui sentaient mauvais !

Les lampes électriques s'allumèrent à l'intérieur.

Par les fenêtres sans rideaux, on voyait les ampoules jaunes qui pendaient au bout des fils au milieu de la crudité des murs.

Les gens de Charron ne dormaient pas. Dans le bleuté de la nuit commençante, on en devinait sur tous les seuils, dans tous les jardinets entourés de haies vives et on ne pouvait se promener nulle part sans entendre des voix dans la pénombre.

Des jeunes filles passaient en se tenant par le bras. Des jeunes gens les suivaient par bandes. À la fin, cela tournait à la fête. Quelqu'un jouait de l'accordéon, assis sur la pierre d'un seuil. On oubliait de coucher les enfants qui étaient à la joie de rester tard dehors.

La porte de l'ancienne gendarmerie s'était refermée. Les Ostendais, vers onze heures, tendirent des draps devant les fenêtres du rez-de-chaussée et cela causa une désillusion qui n'alla pas sans quelque humeur.

Qu'avaient-ils donc à cacher ? Qu'est-ce qu'ils faisaient, là-dedans ? On les entendait clouer. Il y avait le bruit sourd des meubles que l'on change de place.

Les premières étoiles commençaient à briller dans un ciel d'un bleu encore pâle et les grenouilles chantaient dans les marais.

À quoi employaient-ils autant d'eau ? Toutes les cinq minutes, on entendait grincer la chaîne du puits, dans la cour. Est-ce qu'ils ne trouvaient pas la maison assez propre pour eux ? Est-ce que les femmes du pays n'avaient pas passé la journée à la nettoyer ?

Quelques portes se fermèrent. Les plus vieux rentraient se coucher. Des lumières brillaient, puis s'éteignaient. Les bandes de jeunes gens et de jeunes filles étaient devenues des couples dans la nuit tiède.

— François !... Veux-tu vite venir te coucher !...

La voix aiguë des mères énervées. Des hommes restèrent tard au *Café de la Cloche*, comme les jours de fête, et plus d'un en sortit en titubant. L'un de ceux-ci, en passant sous les fenêtres de la gendarmerie, tonitrua une *Marseillaise* vengeresse.

Il était plus d'une heure du matin quand les dernières lumières s'éteignirent chez les Flamands.

Et, à cinq heures du matin, alors que les coqs chantaient, les hommes de Charron, les femmes en culottes de toile, un mouchoir noué sur la tête, s'acheminaient à pied ou en carriole vers la mer, vers les bouchots, pour la marée de moules.

Il n'y avait presque pas eu de nuit.

Il n'existait plus qu'un autobus par jour dans chaque sens, à cause de la guerre. Il passait à Charron, en direction de La Rochelle, à huit heures du matin, et on vit Omer, accompagné d'un grand gaillard qui lui ressemblait, y prendre place.

Ils ne dirent pas un mot pendant tout le voyage, se serrant à mesure que des gens montaient dans les autres villages. Puis, à La Rochelle, ils se dirigèrent vers le centre d'accueil, en face de la gare, où les réfugiés faisaient la queue devant la baraque pour la distribution de café et de pain.

Il arrivait des trains d'heure en heure. Les uns

continuaient leur route. D'autres abandonnaient leur chargement humain à La Rochelle, et des autos continuaient à défiler, de tous les modèles, venant du nord, avec, inévitablement, des matelas sur le toit, à cause des bombardements aériens.

Il y avait eu une alerte, cette nuit-là. Les sirènes avaient fonctionné. De gros avions avaient survolé la ville et le port de La Pallice mais, à la surprise générale, ils n'avaient pas laissé tomber de bombes.

Seulement, les centaines de réfugiés entassés dans les baraquements du centre avaient dû s'éparpiller, sous la direction des infirmières, dans le square proche et se coucher sous les buissons. C'étaient les ordres. La gare, pendant deux heures, avait éteint toutes ses lumières tandis que les gens qui venaient de débarquer d'un train s'entassaient sur les quais, avec toutes leurs affaires, sans rien voir, se marchant les uns sur les autres, s'asseyant ou se couchant en attendant le destin.

Omer se dirigea tout de suite vers Mme Berthe qui était à son poste, à soigner des enfants.

— Il faut que vous veniez avec moi…

Même en flamand, dans sa langue, il n'employait pas de formules de politesse, il disait ce qu'il avait à dire, rien de plus, et ce n'était pas par orgueil, ni peut-être parce qu'il se savait le plus fort. C'était ainsi, tout simplement. Il avait besoin d'elle. Donc, elle devait venir.

Elle le comprenait si bien qu'elle le suivait. Le fils, lui, avait gagné La Pallice où se trouvaient toujours les bateaux.

Omer marchait à grands pas qui paraissaient lents à cause de sa taille, mais l'infirmière devait trotter derrière lui et était tout essoufflée. Il ne se donnait pas la peine de lui expliquer à l'avance ce qu'il voulait. Il suivait son idée.

Pour commencer, il voulait voir le préfet et il le vit, bien qu'on leur répondît d'abord qu'il était en conférence.

Toujours les bateaux... Les bateaux étaient à eux... Les bateaux étaient faits pour pêcher et il voulait pêcher...

— Traduisez...

Elle traduisait. Il la regardait parler avec une certaine méfiance, trouvant qu'elle prononçait trop ou trop peu de mots. Qu'est-ce qu'elle disait au juste ? Il aurait voulu parler lui-même.

Le bureau somptueux du préfet, avec les immenses fenêtres qui donnaient sur un parc, ne l'impressionnait pas. Ni le bureau, improvisé dans un hôtel particulier qu'on avait réquisitionné, de l'intendant militaire qu'on trouva entouré de jeunes officiers pimpants.

— Dites-lui...

Et il les fixait farouchement, avec l'air de vouloir coûte que coûte leur faire entrer sa volonté dans la tête. Mme Berthe traduisait toujours. On téléphonait devant lui. Il attendait, sa casquette de marin à la main, en se balançant d'une jambe à l'autre, et pas une seule fois il ne consentit à s'asseoir, comme s'il n'avait rien voulu perdre de sa taille et de sa force.

Il avait résolu de réussir et il réussirait. Elle lui traduisait :

— Cela dépend de la marine de guerre...

Il balayait les objections d'un geste, ou bien il haussait les épaules.

— Il faut du poisson, n'est-ce pas ?

C'était vrai. La population de La Rochelle, où les réfugiés affluaient, en train et en auto, s'accroissait d'heure en heure. De vingt-cinq mille qu'elle était trois semaines auparavant, elle passait à cinquante, à quatre-vingts, elle atteignait cent mille âmes, et le maire, dans son bureau historique, était aux prises avec le problème angoissant du logement et du ravitaillement.

— Nous avons cinq bateaux et les hommes qu'il faut...

La journée y passa. De bureau en bureau. Avec toujours Mme Berthe qui ne déjeuna pas parce que lui ne pensait pas à déjeuner.

À quatre heures, enfin, il obtenait un bout de papier tapé à la machine qui constituait, lui affirmait-on, l'autorisation, pour ses bateaux, de se livrer à la pêche dans un périmètre déterminé.

Cependant la bataille qu'il livrait, presque silencieusement, à la machine administrative, n'était pas finie. On voulait mettre à bord de chaque bateau un pêcheur français.

Parce qu'on se méfiait d'eux ?

— Mais non, lui expliquait-on. Seulement, ils venaient de la mer du Nord. Ils ne connaissaient pas les fonds... Ils risquaient...

Lui balayait ces objections d'un geste calme. Il

disait non. C'était sa force. Il disait non, simplement, tranquillement.

Alors ? Que faire d'eux, que faire des bateaux ?

Il disait non et on sentait que c'était un vrai non sur lequel il ne reviendrait pas.

Que, tout au moins les premiers jours, il se laisse accompagner par un capitaine qui...

Non !

Et ces gens se téléphonaient, s'interrogeaient les uns les autres, s'inquiétaient des responsabilités qu'ils encouraient.

— Il refuse.

— Qu'est-ce que vous voulez que j'y fasse ?

Le maire, qui était armateur lui-même, mais dont la plupart des bateaux étaient réquisitionnés et naviguaient au loin comme dragueurs de mines, réclamait du poisson pour les dizaines de milliers de bouches supplémentaires qu'il avait à nourrir.

— Tant pis pour lui s'il se met au sec !

De sorte qu'en fin de compte ce fut Omer qui eut raison de l'administration.

— Laissez-le faire. On verra bien...

Lui ne se donnait pas la peine de triompher, de remercier, de marquer sa satisfaction autrement que par un léger pétillement des prunelles. Il avait raison. Il le savait. Donc, il devait fatalement gagner la partie.

Il ne connaissait ni les grades ni les titres exacts de tous ces personnages devant qui il s'était balancé d'une jambe à l'autre en ordonnant à Mme Berthe :

— Dites-lui que...

On lui accordait enfin son dû. Rien de plus. Il n'avait pas à manifester de reconnaissance et il ne pensa pas à dire merci à l'infirmière qui avait trotté derrière lui toute la journée.

Enfin libérée, elle mangea un sandwich, debout, dans la cohue du centre d'accueil, et, alors qu'elle le croyait déjà loin, elle l'aperçut qui allait et venait parmi les groupes miteux.

Il y avait là des Flamands à qui il pouvait parler sa langue. Il gardait avec eux son air de patron. Ses traits n'exprimaient rien, que sa volonté et la conscience de sa force, de son bon droit.

Qu'est-ce qu'il leur demandait ? Elle n'en sut rien. Des autos, des camionnettes, des camions, des autocars qui portaient des inscriptions belges, s'arrêtaient souvent à l'entrée du centre. La plupart réclamaient de l'essence pour continuer leur exode.

L'ordre était arrivé, dans l'après-midi, d'un des ministères, d'envoyer toutes les voitures à l'autorité militaire qui en manquait. On essayait la persuasion, l'intimidation. Les gens, venus de si loin, n'acceptaient pas de bon gré d'abandonner leur véhicule, sauf quelques timides, et la plupart continuaient leur route par les moyens du bord, quitte à tomber en panne de carburant à quelques kilomètres.

D'autres se groupaient en face d'un café et gesticulaient. On vit Omer Petermans parmi eux, toujours calme.

Puis Mme Berthe, qu'un nouveau train appelait sur les quais de la gare, car il contenait des blessés et des morts, sans compter deux fous qu'il fallut envoyer à l'asile d'aliénés de Lagord, perdit de vue le chef des Ostendais.

Les bureaux, tant civils que militaires, tant de la Préfecture que de l'Hôtel de Ville ou de l'Inscription maritime, avaient cru se débarrasser de lui en lui accordant ce qu'il réclamait. Ainsi en aurait-on fini, s'imaginait-on, avec le cauchemar des Ostendais.

Omer, lui, n'avait pas fini. Il poursuivait son idée jusqu'au bout, avec sa même obstination sans fièvre. Dans la cohue, dans l'énervement général, parmi les gens qui ne savaient où coucher, ni où manger, parmi ceux qui se demandaient où débarquer les milliers de familles qui arrivaient par les trains, les centaines d'autres dont les autos réclamaient de l'essence, au milieu d'une ville à l'écoute de la radio et à l'affût des journaux qui donnaient des nouvelles contradictoires, il allait son chemin, têtu et dur.

Ses hommes et ses femmes, à Charron, séparés du reste du pays, dans leur gendarmerie, comme par un invisible cordon sanitaire, installaient leurs cuisines, leurs chambres, lavaient, clouaient, récuraient, sans rien demander à personne, sans mettre une seule fois les pieds dans les boutiques, sinon chez le boulanger où ils vinrent avec une brouette acheter du pain comme pour un siège.

Les autres, à La Pallice, un homme par bateau, rangeaient et nettoyaient ainsi qu'ils l'auraient fait à Ostende par un beau dimanche de paix, indifférents aux soldats logés à la gare maritime qui les regardaient curieusement parce que les chalutiers ostendais étaient leur seule distraction.

Sur le coup de sept heures du soir, on vit une camionnette qui portait un numéro minéralogique belge stopper au bord du quai, et c'était le patron, Omer Petermans, qui tenait le volant. Les roues avant n'étaient pas tout à fait parallèles et jouaient dangereusement, mais il n'en avait cure.

Il descendit à bord. Comme un adjudant à la caserne, il passa l'inspection des cinq navires, tandis que ses hommes le suivaient.

Il avait dans sa poche un annuaire des marées. Il le consultait.

Il leur disait :

— Pas la nuit prochaine. La nuit d'après, vers trois heures...

Il avait pensé au pain, lui aussi, comme la grosse Maria, sa femelle, y avait pensé à Charron. Il leur en avait apporté dans sa camionnette, ainsi qu'un énorme morceau de bœuf dont le sang coulait à travers le papier.

Il repartit, sûr de lui, en compagnie de son fils. Il n'éprouva pas le besoin de lui expliquer ce qu'il avait fait. C'était tout naturel. Un mot par-ci, un mot par-là. Il devait faire attention, parce que la voiture avait tendance à flotter d'un côté à l'autre de la route.

C'était l'heure à laquelle les gens de Charron se tenaient sur leur seuil ou dans leur jardin. On les regarda passer. Et eux ne regardaient personne.

La camionnette, avec un bruit de ferraille, les roues encore tremblotantes comme les genoux d'un malade qui a fourni une course au-dessus de ses forces, stoppait devant la gendarmerie.

Bientôt la porte de celle-ci, encore surmontée d'une hampe nue pour le drapeau tricolore, se refermait sur les Ostendais.

Il y avait maintenant des rideaux à toutes les fenêtres.

— Ils avaient jusqu'à des clous et des crochets avec eux ! disait Agat, garde champêtre et quincaillier.

Ils avaient de tout. Ils ne demandaient rien, n'acceptaient rien, ils s'installaient au cœur du village sans avoir la curiosité de jeter un coup d'œil à celui-ci et le village se sentait mal à l'aise comme si un corps étranger s'était introduit dans sa chair.

On se promena encore sous leurs fenêtres, ce soir-là, par petits groupes, par couples ensuite ; on mit cependant les enfants coucher plus tôt que la veille et, à onze heures, alors qu'un faux jour persistait autour de la lune, à cause de l'heure d'été, tout le monde dormait à Charron, y compris les Flamands.

4

Est-ce que les magasins du village n'étaient pas assez bons pour elles ? Les femmes d'Ostende n'y mettaient pas les pieds, sauf à la boulangerie, parce qu'elles y étaient bien obligées. La seule à pénétrer dans une autre boutique, le troisième jour après le départ des hommes en mer, ce fut la gamine en rouge, et son entrée chez Agat, qui ne vendait pas seulement de la quincaillerie, fut précédée de tout un manège.

Elle fut la première aussi dont on connut le nom et elle devint tout de suite un personnage familier, encore que muet en quelque sorte, car elle passait une bonne partie de ses journées à promener le long des chemins les autres enfants de la tribu.

À peine était-elle sortie, avec trois ou quatre gosses, parfois davantage, qui se tenaient par la main et qui formaient une chaîne dont elle était le bout, qu'on était sûr de voir une silhouette se pencher à une des fenêtres de l'ancienne gendarmerie. Si c'était le matin, c'était le plus souvent au premier étage, l'une ou l'autre des femmes aux cheveux mal attachés par des épingles et tenant d'une main le corsage ou le peignoir croisé sur la poitrine. On l'entendait glapir, en maintenant longtemps la première note, très aiguë, comme en suspens dans l'air lourd de soleil :

— Mina...

La fille en rouge, au milieu de la route éclaboussée de lumière, se retournait lentement, sans lâcher la chaîne de mioches et, le nez levé, écoutait les recommandations qu'on lui adressait. Ou bien elle avait oublié quelque chose, les tartines des enfants, par exemple, si c'était l'après-midi, et elle faisait demi-tour.

Elle ne s'énervait pas. Ses yeux, du même bleu que les bleuets des champs, gardaient toujours la même expression sereine. Peut-être n'était-elle pas très intelligente ? Peut-être poursuivait-elle sans fin sa rêverie intérieure ?

Elle avait seize ou dix-sept ans et son corps était maigre, plat, anguleux, avec seulement deux petits seins pointus et un pubis proéminent qui se dessinaient sous la robe rouge. À part ses savates trop grandes, elle ne devait rien porter d'autre sur le corps et la robe de coton avait été tant de fois lavée et étendue au soleil qu'elle était du rose éteint des vieux drapeaux qu'on voit pendre devant les bâtiments officiels.

Mina n'était pas coquette. Elle marchait n'importe comment, d'une démarche dégingandée, et ses cheveux filasse lui pendaient sur la nuque et des deux côtés du visage. Pourtant, Mina regardait les hommes. On l'avait remarqué tout de suite.

Elle les regardait curieusement, du même œil qu'elle regardait l'étalage d'Agat où il y avait des bonbons dans des bocaux de verre. Puis, seulement s'ils souriaient ou s'ils lui lançaient une plaisanterie, elle détournait la tête en essayant maladroitement de cacher une expression ravie.

— Celle-là, toute jeunette qu'elle soit, avait dit la boulangère, ne tardera pas à trouver chaussure à son pied. D'ici à ce qu'on l'aperçoive les jambes en l'air au bas d'une meule…

Mina faisait partie des « gens du fond ». Encore une chose que ceux du village avaient apprise. Au début, il n'y avait pour eux que des Ostendais, qu'ils mettaient tous dans le même sac, sans faire de distinction entre eux. C'était une seule bande, presque une seule famille.

Mais ils n'avaient pas tardé à remarquer des nuances. Par exemple, les pièces claires et aérées de l'ancienne gendarmerie n'avaient pas été réparties au petit bonheur. Les familles qui les occupaient étaient celles qui possédaient des armoires à glace, des fourneaux de cuisine en émail blanc comme on n'en avait jamais vu à Charron et de belles salles à manger en chêne massif. C'étaient les Petermans et tout ce qui tenait aux Petermans, leurs enfants mariés, gendres et brus, les Van Hasselt et les Vermeiren, tous ceux, sans doute, qui possédaient des parts dans les bateaux.

Ces femmes-là, dès le matin, étaient propres, avec des tabliers amidonnés. Elles travaillaient comme les autres, repeignaient les murs, les portes, s'agenouillaient pour laver les planchers à la brosse en chiendent et au savon, mais lorsqu'elles sortaient, elles faisaient autant de toilette que si elles avaient vécu en ville.

C'étaient toujours deux de ce groupe-là qui, le matin, en grande tenue, attendaient l'autobus devant l'église et se rendaient à La Rochelle. Quand elles revenaient le soir, elles rapportaient une telle quantité de colis, y compris des caisses et des sacs, sur le toit de la voiture où grimpait le conducteur, que le car restait cinq bonnes minutes de plus à Charron que d'habitude.

Dieu sait pourtant quelles provisions ils avaient débarquées des bateaux ! Ils continuaient à amasser, avec une tranquille obstination. Ils avaient l'air de croire que la guerre durerait dix ans et qu'on manquerait de tout, comme si, en France, on pouvait manquer de nourriture. On leur en voulait, car, malgré soi, on finissait par se laisser impressionner.

— Des caisses de sucre, qu'elles ont ramenées hier... Vous croyez, vous, qu'il puisse y avoir pénurie de sucre ?

En opposition avec les « gens du devant », comme on disait déjà, il y avait les « gens de la cour », car les Ostendais avaient aménagé en logement les anciennes écuries, rendant même habitable, en un temps record, une bicoque délabrée où personne n'avait mis les pieds depuis des années que la vieille qui l'occupait était morte.

Eh bien ! parmi les gens de la cour, il y avait des femmes qui n'étaient pas du tout propres. On avait cru d'abord que les Flamandes étaient propres, sans exception. Or, il en existait de sales, comme partout. La mère de Mina par exemple, aussi maigre que sa fille, avec des dents qui lui manquaient sur le devant de la bouche, un chignon jamais d'aplomb, les pieds nus et sales dans des sabots. Elle avait des enfants qui avaient toujours de la morve au nez, des plaques ou des croûtes sur la tête, et qui traînaient leur derrière à même le sol de la cour.

Sa voix était criarde, vulgaire, grinçante. Elle devait boire. Plusieurs des voisines, de celles qui, de leur seuil ou de leur fenêtre, pouvaient voir dans la cour, l'entendaient se disputer avec les autres qui la traitaient en moins que rien. Le soir elle n'avait pas l'air d'être dans son assiette, ses mouvements devenaient maladroits, sa démarche mal assurée, ses yeux trop brillants.

En somme, il y avait des pauvres et des riches. Et les pauvres n'allaient pas chez les riches.

La grosse Maria, la grande patronne, était vulgaire aussi à sa manière. Sans doute, à Ostende, vendait-elle du poisson aux Halles ? Ici, quand elle sortait, elle prenait des airs de bourgeoise. Mais, dans sa maison ou dans la cour, elle avait les manches retroussées sur de gros bras d'un rose qui faisait penser à de la charcuterie. Elle mettait volontiers les mains aux hanches, parlait d'une voix forte et souvent on l'entendait éclater d'un rire qui la secouait toute.

Il était souvent question des Ostendaises, sur les seuils et dans la pénombre des trois boutiques qui sentaient le fromage, les épices, le pétrole et la cretonne. On n'avait aucun contact avec elles, non pas seulement parce qu'on leur en voulait toujours des incidents du premier soir, car beaucoup, parmi les femmes du pays, leur trouvaient des excuses. Certaines avaient proposé :

— On devrait peut-être leur rendre une visite ?

Seulement, une fois dans la maison, que leur dire ? L'institutrice avait essayé. Elle avait une bonne excuse. Parmi les circulaires qui arrivaient tous les jours au sujet des réfugiés, il y en avait une qui concernait les enfants : les mairies avaient reçu l'ordre de les faire vacciner d'urgence. L'ancienne gendarmerie était pleine d'enfants et on savait qu'il y en avait un malade.

Mlle Delaroche avait, par miracle, obtenu, en téléphonant à la librairie Pijollet, à La Rochelle, un lexique flamand-français. Quand elle était arrivée chez les Ostendais, le vieil oncle Claes était assis dans son fauteuil, dehors, à gauche de la porte. On l'y déposait le matin, dès huit heures. C'étaient les femmes qui transportaient l'infirme et son fauteuil depuis que les hommes étaient en mer. On lui allumait sa pipe. De temps en temps, la grosse Maria venait lui en bourrer une autre et lui parler.

Car, chose extraordinaire, elle paraissait avoir avec lui de véritables conversations. La main en cornet, elle lui parlait toujours dans l'oreille, et, bien que les traits du vieux ne parussent pas bouger, elle comprenait ce qu'il voulait dire. Elle parvenait même à provoquer un mouvement comme mécanique des lèvres, qui devait être un rire ou un sourire.

À midi sonnant, on rentrait fauteuil et invalide pour, une heure plus tard, le planter à nouveau, non plus à droite, mais à gauche de la porte, à cause du soleil ; et l'oncle Claes s'endormait, indifférent aux mouches qui se posaient sur son visage, sans lâcher la pipe éteinte qu'il serrait entre ses dents.

La porte était ouverte lorsque Mlle Delaroche se présenta. Il n'y avait pas de sonnette dans l'ancienne gendarmerie. Le corridor dallé de bleu était frais, dégageant une bonne odeur de savon et de propreté.

— Quelqu'un !... appela-t-elle, un peu impressionnée.

On jouait du piano. C'était Bietje, la plus jeune des filles Petermans. On la voyait de la route. On l'entendait pendant des heures qui faisait des gammes.

La grosse Maria, qui se trouvait à ce moment-là au premier étage, se pencha sur la rampe, disparut, descendit quelques instants plus tard non sans avoir eu le temps de changer de robe.

Elle fut très polie, aimable même, pour autant qu'on puisse manifester de l'amabilité quand on ne parle pas la même langue. Elle introduisit l'institutrice dans la première pièce, celle où il y avait le piano et les meubles de salle à manger, la machine à coudre, beaucoup de portraits et de bibelots un peu partout.

La mère parla à sa fille qui cessa de jouer et disparut. Puis la grosse Maria désigna une chaise à la visiteuse et s'assit de l'autre côté de la table en souriant d'un sourire de bon accueil.

Mlle Delaroche, timide, ne savait que dire. Par contenance, elle désignait des portraits et son hôtesse lui citait des noms, expliquait sans doute des liens compliqués de parenté.

Cela se passait à la façon d'un film au ralenti et parfois des femmes faisaient exprès de traverser le couloir pour apercevoir la visiteuse comme, dehors, celles du pays guettaient de loin l'institutrice qui s'était aventurée chez les Flamands.

Bietje apporta un plateau avec des tasses et une cafetière. Il y avait une pince à sucre en argent dans le sucrier. Puis elle revint avec deux grandes tartes que les Ostendaises avaient cuites elles-mêmes et qui sentaient bon la cannelle.

Il fallut en manger de larges quartiers, la grosse Maria l'exigeait avec une douce insistance. Deux autres filles, dont la fille enceinte, qui avaient été se changer et qui s'étaient lissé les cheveux avec un peigne humide, vinrent manger de la tarte aussi, maintenant sur leurs lèvres le même sourire que leur mère.

Mlle Delaroche tira le lexique de son sac, chercha les mots qu'elle avait d'avance marqués au crayon. En même temps elle tendait la circulaire reçue le matin au sujet de la vaccination des enfants de réfugiés.

Les trois femmes se passaient le papier après l'avoir regardé un moment et le lui rendaient.

— Vaccination... Enfants... *Kind*...

Les femmes ne souriaient plus. Les fronts se plissaient. Elles faisaient un effort pour comprendre, elles comprenaient, c'était une des filles qui comprenait la première et qui traduisait pour les autres.

Alors la grosse Maria redevenait la femme qu'on avait vue le premier jour, celle qui se tenait près du grand patron, un peu en retrait, et qu'il interrogeait du regard avant de prendre une décision. Elle hochait lentement la tête. Elle disait non et son non à elle était aussi définitif que les non d'Omer. Elle ne discutait pas, ne s'excusait pas. C'était non parce que c'était non, parce qu'ils étaient des Ostendais et que leurs affaires ne regardaient personne.

Mlle Delaroche, rougissante, avait beau leur expliquer, à l'aide de son dictionnaire, que la vaccination était gratuite, que c'était sans danger, qu'il fallait à tout prix éviter les épidémies, que les enfants de Charron y étaient tous passés, la femme d'Omer disait toujours non, posément, en mangeant son morceau de tarte.

De sorte qu'il n'y avait plus qu'à partir.

— Mina !…

Est-ce que la voisine qui prévoyait qu'on trouverait un jour la fille en rouge les jambes en l'air avait raison ? Mina, le soir, à l'heure où les garçons se groupent au coin des deux routes et regardent passer les filles avec des rires effrontés, se glissait hors de la cour et se promenait toute seule. Elle devait savoir qu'on allait la rappeler et elle feignait d'abord de ne pas entendre. Au troisième « Mina », elle se résignait à faire demi-tour et on voyait, dans la cour, sa mère qui gesticulait et parfois lui donnait des gifles.

C'était l'après-midi, à l'heure la plus chaude, alors qu'on est moite de sueur rien que de traverser la route, qu'elle avait fini par entrer chez Agat, après un regard craintif vers la gendarmerie.

Elle tenait par la main la chaîne d'enfants bien lavés, les enfants « de devant », à qui elle servait de bonne. Son autre main était serrée sur quelque chose qui devait être précieux. À plusieurs reprises il lui était arrivé de s'arrêter devant la boutique et de coller son front à la vitre mais, cette fois-ci, la tentation fut plus forte et elle entra, suivie de la ribambelle de gosses qu'elle ne lâchait toujours pas et avec qui elle avait l'air de faire une ronde.

Des vélos et des vêtements de travail pendaient du plafond. La boutique sombre était un véritable fouillis où il y avait de tout, des sabots et une écrémeuse, un baril de pétrole et des petits drapeaux alliés en papier. La femme d'Agat avait surgi de sa cuisine dont la porte vitrée était éclairée par le soleil et Mina restait décontenancée au milieu de la pièce, on la sentait sur le point de sortir, elle ouvrait la bouche, ne disait rien, désignait enfin, de son poing fermé, un bocal qui contenait des bonbons roses et verts plantés sur des bâtons.

— Combien en voulez-vous ?

Elle compta les gosses, mentalement, tandis que ses lèvres remuaient. Puis elle montra six doigts. C'était de la monnaie qu'il y avait dans sa main serrée et elle paya, dut revenir parce qu'on la rappelait pour lui rendre de menues piécettes, se retrouvait enfin, haletante, sur la route, comme quelqu'un qui a couru un danger.

Quelques minutes plus tard, toute la chaîne déambulait en suçant les bonbons, Mina comme les autres, tirant une longue langue, sans souci de coquetterie, la passant avec délices sur le sucre acidulé.

— Mina !... lança, en imitant les femmes de la gendarmerie, un grand garçon qui travaillait à la forge.

Elle le regarda, sa sucette toujours à la main. Puis elle se détourna et pencha un peu la tête en souriant.

— Toi, ma petite... se promit le garçon.

Il devait penser à la meule, lui aussi, en regardant s'éloigner la silhouette d'un rouge délavé.

Comment la grosse Maria s'y prit-elle ? Comment des Flamands, qui ne sortaient pour ainsi dire pas de leur caserne et qui ne parlaient à personne, furent-ils au courant ? Sans doute est-ce à La Rochelle qu'elles entendirent parler de la maison d'en face. Peut-être par d'autres réfugiés, par d'autres Flamands ?

Car c'était inouï comme les nouvelles circulaient vite parmi les réfugiés. Ils savaient tout. Trois fois déjà, des autos s'étaient arrêtées dans le village, des inconnus s'étaient présentés à la mairie, s'étaient adressés à Mlle Delaroche.

— Il paraît que vous avez, au bourg, une belle maison à louer ?

Elle avait beau leur répondre qu'elle n'était pas au courant, ils insistaient, ajoutaient, renseignés :

— La maison de Mme Masson...

C'était exact qu'une Mme Masson, la veuve de l'herboriste de La Rochelle, qui avait tenu pendant cinquante ans une boutique rue du Minage et qui exerçait aussi le métier de naturaliste — c'était lui qui avait empaillé la plupart des oiseaux du musée —, c'était vrai que Mme Masson possédait une belle maison bourgeoise à un étage, avec un toit en tuiles rouges, presque en face de la gendarmerie.

Elle y venait l'été, jadis, du temps de son mari, quand ses enfants étaient petits. Depuis que ceux-ci étaient mariés, elle n'y mettait les pieds qu'une fois de loin en loin, juste pour aérer, et la plupart du temps elle repartait le jour même.

C'était une femme peu commode, toute sèche, avec des manies. Vingt fois, avant la guerre, on lui avait proposé de racheter sa maison. D'autres avaient voulu la louer, en avaient offert un gros prix. Pour elle, cette maison était sacrée, c'était la maison de son Eugène, de son défunt mari, comme elle disait, un vrai musée rempli d'animaux qu'il avait naturalisés.

Comment des réfugiés qui n'avaient jamais mis les pieds à Charron, qui venaient à peine d'arriver en France, savaient-ils tout cela ?

— Elle ne veut pas louer, affirmait Mlle Delaroche.

— On nous l'a dit...

Sans doute avaient-ils vu la vieille, dans le logement qu'elle avait conservé au-dessus de l'herbo-risterie lorsqu'elle avait cédé son commerce.

— N'empêche que vous avez ici une maison qui ne sert pas, qui reste vide, alors que des gens couchent à la belle étoile, des vieillards, des enfants...

Mlle Delaroche n'y pouvait rien et certains de ces automobilistes repartaient furieux en menaçant d'en référer au préfet.

— Allez voir le préfet si vous voulez...

Est-ce que c'est le préfet que la grosse Maria alla voir le jour où elle prit l'autobus, en grande tenue, accompagnée de sa plus jeune fille ? Toujours est-il que, quand elle revint, le soir, elle avait dans son sac la clef de la maison et qu'elle marcha droit vers celle-ci où elle resta longtemps avec sa fille, ouvrant toutes les fenêtres qui n'avaient pas laissé pénétrer d'air depuis plusieurs mois.

On raconta le lendemain qu'elle avait acheté la maison. On cita un prix exorbitant. À cause du piano et des meubles, surtout à cause des piles de draps qu'ils possédaient — et tous en vraie toile fine —, le bruit courait que les Ostendais étaient riches à millions.

La vérité, c'est que la grosse Maria avait loué la maison. Elle avait offert un gros loyer, certes, qui n'avait pourtant rien d'extravagant à un moment où des réfugiés riches offraient n'importe quoi pour un toit, parfois même pour une grange.

Comme Omer, elle était allée chercher Mme Berthe, l'infirmière, au centre d'accueil, et elle n'y avait pas mis plus de formes que son mari. Ils avaient vécu si longtemps ensemble qu'ils employaient les mêmes mots, avec le même calme impressionnant.

Les trois femmes avaient sonné à la porte de Mme Masson, qui ne quittait plus guère sa chambre et qui les regarda du même œil, à peu près, que les oiseaux empaillés de son mari.

D'abord, la vieille femme se fâcha. Sans se démonter, la grosse Maria dit à Mme Berthe :

— Si elle ne veut pas louer, nous aurons la maison malgré elle, car je la ferai réquisitionner.

— Essayez voir !... riposta la vieille.

Les autres aussi lui avaient parlé de la sorte et n'étaient pas revenus. Mais l'Ostendaise, elle, ne prononçait pas de paroles en l'air ; elle traîna Mme Berthe au consulat, où on lui remit un papier, puis à la Préfecture, où les sourires des employés la laissèrent indifférente.

— Dites-leur combien nous sommes et combien nous avons d'enfants... Dites-leur que les hommes sont en mer et...

Elle obtint un nouveau bout de papier, comme Omer. Et, avec ce bout de papier, elle finit par briser la résistance de la vieille chipie.

— Nous ne demandons rien pour rien. Nous en aurions le droit, car on nous a obligés à quitter nos bateaux. Nous voulons payer quand même.

Elle avait payé un trimestre d'avance, elle était sortie de l'appartement poussiéreux en glissant une grosse clef dans son sac à main.

C'est alors, le lendemain, qu'on sentit davantage la différence entre les « gens du devant » et les « gens du fond » et même les nuances qui existaient entre les diverses familles du devant.

Malgré l'absence des hommes, le déménagement eut lieu, accompli par les femmes et par deux garçons du village qu'elles étaient allées chercher.

Il y avait à peine six jours que les Ostendais étaient débarqués et déjà ils s'étendaient, s'installaient comme pour la vie, formaient un monde à part dans le bourg.

Les mouettes, les hiboux, les hérons de feu M. Masson disparaissaient des pièces de la maison pour s'entasser, avec les meubles, dans le grenier, et les portraits de famille, les ustensiles de cuisine, tout un bric-à-brac vieillot que les Flamandes transportaient dédaigneusement en les tenant du bout des doigts.

L'eau savonneuse dégringolait en cascade des marches de l'escalier. On savonnait les portes et les lambris, les planchers, l'encadrement des fenêtres et, au fur et à mesure qu'une chambre était nettoyée, les meubles des Petermans arrivaient d'en face et prenaient leur place, changeant en quelques heures le visage de la maison.

Qui déménageait de la sorte ? On ne le savait pas encore au juste. En tout cas, le piano traversa la route, et les plus beaux meubles, y compris le grand lit en noyer ciré et l'armoire à glace à trois portes au fronton sculpté.

La fille enceinte franchit la rue aussi, et les autres filles Petermans, mais pas la bru qui, elle, descendit d'un étage et prit possession des deux plus belles pièces d'en bas.

On déménagea l'oncle et son fauteuil. Cela donna par la suite quelque chose de curieux, parce que le trottoir, devant la maison du naturaliste, qui devenait celle d'Omer et de la grosse Maria, ne recevait jamais le soleil. De sorte que chaque matin et chaque après-midi on transportait l'infirme et son fauteuil de l'autre côté de la route, après s'être assuré qu'il ne venait pas d'auto.

La guerre continuait. La radio prévoyait l'évacuation de Paris et, à La Rochelle, ce n'étaient plus seulement des Belges et des gens du Nord qui arrivaient mais des Normands, des banlieusards, des usines entières qu'on repliait avec leurs ouvriers, leurs ingénieurs et leur matériel.

Tous se présentaient à la mairie. Tous cherchaient des maisons et certains avaient des priorités, des papiers signés de ministres ou de hauts chefs militaires, parce qu'ils travaillaient pour la défense nationale.

— Les gens d'Ostende ont tout occupé... répondait Mlle Delaroche, qu'on obligeait à quitter sa classe dix fois par jour.

Des soldats stationnaient sur le Pont-du-Brault, à moins d'un kilomètre de Charron, et c'étaient presque tous des gens qu'on connaissait, des Rochelais, des vieux, des pères de famille qui avaient l'air déguisé dans leur uniforme et que leur uniforme embarrassait. Qu'est-ce qu'ils gardaient au juste ? On n'en savait rien. Eux non plus. Ils vivaient, au Pont-du-Brault, une sorte de pique-nique perpétuel, buvaient force vin blanc et venaient de temps en temps se ravitailler au village.

Le matin, à midi, le soir, on entendait la radio dans toutes les maisons, mais on ne s'y retrouvait plus dans les nouvelles, on cherchait des noms sur la carte et il n'y avait jamais moyen d'être d'accord car, à croire les communiqués contradictoires, les Allemands étaient partout et nulle part, il y en aurait eu aux portes de Paris alors qu'on se battait encore en Belgique.

Le commis du forgeron, qui n'avait que dix-huit ans et qui n'était pas encore mobilisé, ne perdait pas de vue la fille en rouge et, ce qu'il y avait de curieux, c'est que tout le village s'en apercevait, que tout le village était complice.

— Tu sais, Louis, lui disait-on, *elle* vient de passer avec les mioches. *Elle* a pris le chemin de la mer. Si tu te dépêches…

Et Louis, le corps à l'aise dans sa combinaison de mécano, enfourchait sa bicyclette, avait tôt fait de rattraper la chaîne d'enfants dont Mina formait le dernier anneau. Il passait près d'elle, faraud et joyeux, de la gaieté plein les yeux, des promesses plein sa jeune chair, et elle détournait le visage en souriant. Le soir, quand elle parvenait à s'échapper et qu'elle marchait toute seule sur la route qui traverse le village, il était toujours sur son chemin, avec les autres gars, mais ceux-ci savaient bien qu'elle était pour lui, on le poussait du coude, on lui soufflait :

— Vas-y, Louis !

Il n'y allait pas encore. Il avait le temps. Au surplus, il était effronté et timide tout ensemble.

— Tu vois bien qu'elle t'attend…

C'étaient des soirs calmes et tièdes, avec un ciel légèrement violet qui, à l'est, devenait peu à peu d'un vert étrange. Au-delà des prés-marais où paissaient les bœufs, on voyait la mer se retirer et découvrir, comme une forêt de pieux, la vaste étendue des bouchots.

Les femmes de la cour, à cette heure-là, s'installaient dehors sur des chaises, en cercle, elles épluchaient les légumes du lendemain ou tricotaient en tendant l'oreille pour s'assurer que les enfants ne pleuraient pas dans leur lit.

Les hommes restèrent en mer une pleine semaine. Quand ils revinrent, une nuit, peu avant le lever du jour, on voyait un grand paquebot à l'ancre, le *Champlain*, dans le port de La Pallice.

Il y avait eu une alerte deux heures plus tôt. Ils avaient aperçu, de la mer, des projecteurs qui balayaient le ciel ; ils avaient entendu le vrombissement des avions et le tac-tac des mitrailleuses.

Les Boches n'avaient pas lancé de bombes. On n'y comprenait rien. C'était la troisième nuit qu'ils venaient de la sorte, presque à la même heure. Ils descendaient très bas, survolaient le port, la rade, La Rochelle même et repartaient dans la direction du nord.

Omer dut faire ouvrir le garage où il avait remisé sa camionnette.

Il était en tenue de mer, avec ses bottes, et son costume de toile huilée le rendait encore plus sculptural.

Comme on donne un pourboire, il déposa un

panier de soles dans le garage, en désignant de son doigt l'homme qu'il avait réveillé.

— Pour toi !... parvint-il à dire en français.

Puis ils embarquèrent le poisson et, au lieu de se diriger vers Charron, gagnèrent le centre d'accueil, en face de la gare. Tout le monde dormait, à cause de l'alerte qui avait obligé les réfugiés et les gens du centre à s'étendre dans le square une partie de la nuit.

Les hommes d'Omer transportèrent trois lourdes caisses qu'ils déposèrent devant le bureau peint aux couleurs belges et françaises. Ils virent quelques ombres rôder entre les baraques : des gens qui ne trouvaient pas le sommeil ou qui étaient pris d'un petit besoin. On distinguait à peine leurs visages dans la grisaille de la pré-aurore. Ils étaient tous, les Ostendais comme les autres, comme des fantômes, et les marins, transportant leurs caisses de poisson en silence, avaient l'air de venir faire un mauvais coup.

On construisait de nouvelles baraques dont on voyait déjà le squelette se dresser dans les coins encore libres du terrain vague.

Omer, Dieu sait pourquoi, ouvrit la porte d'une des anciennes constructions et reçut au visage une bouffée de chaleur humaine, d'odeur humaine ; on devinait, dans l'obscurité du baraquement, des formes étendues les unes contre les autres, on entendait des respirations, de vagues gémissements, toute une rumeur de foule accablée de sommeil, de bétail humain détendu, avec, par-ci par-là, des mots balbutiés, des mouvements brusques de gens en proie à leurs cauchemars.

La camionnette repartit et traversa les rues vides, prit la route juste à temps pour voir un soleil encore trempé d'humidité se lever au-dessus de la côte de Fétilly.

On avait laissé des hommes à bord, pas les mêmes que la première fois, et ils vaquaient au nettoyage des chalutiers en regardant parfois les hublots du *Champlain* dont certains étaient encore éclairés.

Quand la camionnette traversa Nieul, puis Marsilly, il y avait déjà des hommes et des femmes qui trayaient les vaches dans les étables faiblement éclairées. À Esnandes, on croisa des camions qui venaient de Charron et qui portaient les paniers de moules à la gare.

Les gens d'Omer gardaient sur eux l'odeur de la mer, la courbature des huit jours passés au large, où ils s'étaient fait arraisonner trois fois, deux fois par des Anglais — dont une par un sous-marin qui avait émergé à moins d'une encablure d'eux, tout ruisselant — et une fois par des Espagnols, car ils étaient descendus vers les côtes d'Espagne.

Les maisons, ici, leur semblaient plus basses que partout ailleurs. Même dans les villages, à de rares exceptions près, elles paraissaient se tasser pour donner moins de prise au vent et à toutes les tempêtes qui assaillent les hommes, de sorte que, de loin, on n'apercevait que les clochers. Et les terres étaient si plates qu'à mesure que le jour se levait on comptait jusqu'à cinq ou six clochers à la fois.

Quand ils atteignirent Charron, il n'y avait plus besoin de lumière dans les maisons, mais il y en avait pourtant à une des fenêtres de la gendarmerie.

Pourquoi Omer ne s'arrêta-t-il pas ? Il gagna d'abord la mairie, stoppa, dit quelques mots à ses hommes et ceux-ci débarquèrent six grandes caisses encore mouillées d'eau de mer qu'ils déposèrent sur le seuil.

Mlle Delaroche entrouvrit sa fenêtre, sans se montrer, car elle n'avait pas fait sa toilette. Peut-être l'avaient-ils réveillée et sortait-elle, encore chaude et moite, de son lit ?

— Qu'est-ce que c'est ? questionna-t-elle, derrière le rideau.

Omer se tenait debout sur la route, près de la grille. Elle devait le voir à travers la guipure.

Alors il désigna, d'un geste large, les maisons, le village. Puis les caisses. Puis encore les maisons.

Avec un fort accent, il prononça, en français :

— Tout le monde...

Enfin, non sans naïveté, le doigt tendu vers les caisses :

— Poissons...

Après quoi, sans attendre de réponse, conscient d'avoir accompli son devoir, il remonta dans la camionnette qui grinça lorsqu'il la mit en marche.

Des gens, dans les maisons, prenaient la radio et, par les fenêtres ouvertes sur la grisaille des intérieurs, on entendait des voix, la même voix presque partout. Les Flamands, qui revenaient de la mer, ne savaient pas encore. Ils frappaient leurs bottes sur le sol en face de la gendarmerie. Ils voyaient la grosse Maria à l'écoute dans la maison d'en face, dont elle venait d'ouvrir la fenêtre toute grande, la grosse Maria en camisole de nuit, avec ses bigoudis, la grosse Maria qui leur faisait signe de se taire.

Elle aussi écoutait la radio et ses filles étaient autour d'elle, y compris celle qui était enceinte. Et toutes avaient des visages de catastrophe.

Omer, debout, dehors, essayait de comprendre, de deviner, d'après ce qu'il entendait, ce qui s'était dit auparavant. Ses hommes, autour de la camionnette, ne savaient que faire. Ils entendaient :

— ... *roi félon... reddition en rase campagne...*

Ils se figeaient peu à peu. Ils revenaient d'un autre monde. Il leur fallait un effort pour se replonger dans la réalité des terriens.

— ... *Pour la première fois dans l'Histoire...*

Une fenêtre s'ouvrit, dans une maison voisine. Un homme se pencha, qui avait de longues moustaches, qu'ils avaient déjà aperçu. C'était le cordonnier.

Et le cordonnier, tourné vers eux, lançait un long jet de salive avant de leur crier :

— Salauds !

Pietje, le comique, pourtant, eut un mouvement pour se précipiter, mais Omer, qui avait compris, lui dit un mot en flamand et Pietje resta tranquille, frémissant des pieds à la tête comme un ressort.

Tête basse, ses pieds lourds traînant sur le sol, Omer s'avançait vers cette maison qu'il ne connaissait pas encore et dont, sans une parole, on lui ouvrait la porte.

Debout sur le seuil, immobile, il recevait la grosse Maria sanglotante dans ses bras.

Ce qu'on venait de leur apprendre, ce que les ondes répétaient dans toutes les langues, ce que la France entière avait entendu à son réveil, c'est que la Belgique, c'est que son roi, en tout cas, avait trahi en se rendant en rase campagne.

— *De deur sluiten, Bietje !* dit le père d'une voix si neutre qu'on ne la reconnaissait pas.

« Ferme la porte, Bietje ! » lui ordonnait-il.

5

Un être qui, ce jour-là, eût observé d'en haut le village, à la façon d'un entomologiste penché sur des insectes, n'aurait sans doute rien enregistré d'anormal. Le comportement des humains, autour de leurs petites cases rangées le long des traits clairs des chemins, fut sensiblement leur comportement des autres jours.

Il n'y eut pas d'attroupement, comme il s'en produit pour un oui ou pour un non dans les villes. Chacun vaqua à ses occupations. Les enfants, comme chaque matin, arrivèrent par petits paquets des fermes d'alentour, garçons et filles, avec quelques tout-petits parmi eux, et on voyait leurs groupes s'étirer sur le blanc des routes, se rompre et se reformer comme des vols d'étourneaux.

Dès sept heures, la forge laissa échapper son odeur de corne brûlée et le bruit rythmé du marteau sur l'enclume tandis que Louis aidait son patron, qui avait de grosses moustaches comme roussies au feu, à ferrer une paire de bœufs. Et un cheval de labour attendait son tour dehors, attaché à un anneau, grattant parfois le sol d'un sabot nonchalant.

Il ne se passait rien et cependant Charron, ce jour-là, garda du matin au soir comme le poids d'un malaise. Ailleurs aussi, sans doute, les Français ressentirent le contrecoup des nouvelles que la radio venait de leur donner de la guerre.

Mais la guerre était loin, à des centaines de kilomètres encore. Ce qui, à l'insu des gens de Charron, les affectait bien plus qu'une appréhension encore vague de la défaite, c'étaient les deux maisons, face à face, au beau milieu du bourg, qui gardaient obstinément portes et fenêtres closes.

Quinze jours plus tôt encore, ils en avaient tellement l'habitude qu'ils ne s'en apercevaient pas, que cette sorte de vide dans la vie du pays ne les touchait pas. C'était à croire qu'en si peu de temps la présence des Ostendais leur était devenue indispensable. Ils s'étaient accoutumés à voir, toujours larges ouvertes, les fenêtres de l'ancienne gendarmerie, le vieil impotent assis sur le seuil, à entendre les voix des Flamandes et à suivre des yeux la tache rouge de Mina traînant les mioches par les venelles.

Aujourd'hui, le silence avait quelque chose de pénible. Parce qu'on savait que les maisons étaient pleines, qu'ils étaient tous là, y compris les hommes revenus de la mer, y compris les enfants qu'on ne sortait pas. Ils étaient là, dans la pénombre des chambres. Qu'est-ce qu'ils faisaient, qu'on ne les entendait même pas remuer ?

L'amateur d'insectes humains étudiant le bourg à la loupe aurait pu tout au plus noter un détail qui révélait ce malaise. Comme les autres jours de soleil — et on jouissait du plus beau des soleils depuis que les batailles avaient commencé là-haut, dans le Nord —, comme les autres jours de soleil, les silhouettes sombres qui gravitaient dans les rues se tenaient invariablement du côté de l'ombre.

C'était aussi le côté où toutes les cases, portes et fenêtres, étaient ouvertes. En face, au contraire, sur les façades blanches ruisselantes de lumière chaude, portes et volets verts restaient clos.

L'observateur aurait noté sans doute que les silhouettes, mâles ou femelles, s'arrêtaient plus souvent que de coutume du côté ombre, devant les cases ouvertes. Certaines s'arrêtaient presque à chaque case, restaient ainsi un bon moment, tournées vers le dedans, à remuer les lèvres.

À l'intérieur, dans les pièces quasi obscures, une femme au gros ventre sous sa jupe noire, un homme en bras de chemise, étaient assis près de la table couverte d'une toile cirée ; une horloge faisait entendre son tic-tac familier ; un chat sommeillait, les yeux entrouverts, sur son coussin rouge, et chaque case avait son odeur particulière, ses portraits au mur, ses totems, bibelots gagnés à la foire, cadeaux de mariage ou de première communion.

On échangeait des phrases, de la rue à la maison et de la maison à la rue.

Les cases d'en face, côté soleil, n'étaient pas vides. Lorsque les portes et les volets étaient clos, sur le devant, cela signifiait qu'ils étaient ouverts côté jardin et les femmes qui faisaient leur marché le savaient, elles contournaient la maison par le sentier entre deux haies et parlaient par-dessus celles-ci.

Agat, comme chaque matin, s'était rendu à la mairie, un peu avant le commencement de la classe. Mlle Delaroche lui avait montré les caisses de poisson que les Ostendais avaient apportées et qui étaient encore dehors, en plein soleil.

Avant tout, le garde champêtre les avait rentrées, tandis que quelques personnes des maisons voisines s'approchaient pour savoir ce que c'était.

Agat et Mlle Delaroche discutèrent un bon moment, à mi-voix, afin de décider de ce qu'ils devaient faire. Ce n'était pas le moment d'annoncer à coups de tambour à la population ce cadeau des Flamands.

— Il suffira de le dire aux uns et aux autres...

Et on répondait aux gens intrigués :

— C'est du poisson que les Ostendais ont apporté... Tout le monde peut en prendre gratuitement...

Est-ce qu'on en prendrait ? Voilà la question qui se posait. Voilà de quoi s'entretenaient ceux qui s'arrêtaient devant les portes ouvertes.

— Il paraît que ce sont de belles soles...

Pouvait-on décemment accepter ce cadeau, après les accusations qu'un ministre avait lancées le matin même contre la Belgique et son roi ?

À toutes celles qui entraient dans sa boutique, à l'heure où les femmes font leur marché, Agat répétait :

— Il y a des soles à la mairie... Peut en prendre qui en veut...

Et on lui demandait :

— Qu'est-ce qu'on a décidé de faire ?

Il esquissait un geste vague.

— Chacun agira selon sa conscience...

Les Charronnais n'osaient pas. En même temps ils avaient des remords, certains d'entre eux tout au moins. Non seulement parce que de belles soles se perdaient alors que des dizaines de milliers de réfugiés avaient faim, mais parce que, de refuser ce don, c'était un peu comme un acte d'hostilité, de réprobation, tout au moins.

Les Ostendais avaient fermé leurs portes et leurs fenêtres et cela rendait leur présence plus pénible. Même les femmes de la cour toujours bruyantes, toujours à remplir des seaux à la pompe, à laver du linge ou à débarbouiller les gosses, ne se montraient pas.

Certains disaient :

— Cela doit être dur pour eux...

On préférait ne pas leur répondre, ne pas prendre position, hormis quelques exaltés, comme l'ancien coupeur de bois au Gabon, toujours entre deux crises de paludisme, qui répétait :

— Ce sont des Boches... Dès le premier jour, j'ai dit que c'était pire que des Boches...

Rien que de voir passer dans les rues la fille en rouge, avec ses gosses accrochés par la main les uns aux autres, aurait été un soulagement.

Qu'est-ce qu'ils pouvaient bien faire ?

On leur en avait voulu, à cause de l'incident du

premier soir, et surtout parce qu'ils étaient fiers, les femmes en particulier, qui avaient toujours l'air de proclamer qu'elles n'avaient besoin de personne. On leur gardait rancune d'un tas de choses, des provisions qu'elles allaient faire en ville, de la façon tranquille — arrogante, disaient certains — dont elles avaient envahi la maison de Mme Masson.

Et maintenant il y en avait qui se reprochaient leur sévérité. Sans doute, s'il n'y avait pas eu entre Charronnais et Flamands cette barrière quasi infranchissable des langues, des personnes sensibles auraient-elles frappé à l'une des deux portes.

Cela aurait été embarrassant, pénible. Comme quand on va présenter des condoléances dans une maison où il y a un mort et où on ne sait que dire.

— Nous n'ignorons pas que ce n'est pas votre faute...

Quelque chose dans ce genre-là. Mais on ne pouvait pas le faire et, en passant devant les deux maisons aux fenêtres aveugles, on hâtait le pas au lieu de ralentir, parce qu'on avait l'impression que, de l'intérieur, *ils* vous observaient.

Il y eut deux femmes, vers onze heures, à s'approcher des caisses et à prendre du poisson en marmonnant :

— Si ce n'est pas malheureux de laisser gâter d'aussi belles soles !... Qu'est-ce que vous en pensez, vous, mademoiselle Delaroche ?

L'institutrice n'en pensait rien. Elle eut plusieurs fois des distractions pendant sa classe. Comme les autres, elle se sentait un poids sur les épaules et elle avait hâte d'être à midi pour prendre la radio. On ne savait pas au juste ce qu'on espérait ; cependant il y avait dans les nouvelles du matin, dans ce discours agressif, dans cet acte d'accusation plutôt d'un ministre déchaîné, une telle brutalité qu'on attendait Dieu sait quoi, sinon un démenti, tout au moins une atténuation.

— Ces pauvres enfants qu'on tient renfermés toute la journée…

C'était l'ordre d'Omer, d'Omer qui n'avait jamais prononcé si peu de paroles. Il avait embrassé la grosse Maria, en entrant dans la cuisine, puis ses filles. Peut-être avait-il été sur le point d'embrasser aussi ses fils qui le regardaient avec gêne. Il avait dit quelques mots, d'une voix mal timbrée.

— Qu'on aille leur recommander, en face, de ne pas sortir, de ne pas se montrer.

Et personne ne s'avisa de lui demander pourquoi. On avait compris. Ce n'était pas le moment de lui poser des questions. D'habitude, quand il rentrait de la mer — la dernière fois c'était à Ostende, chez eux, *avant* —, d'habitude, il commençait par se mettre à table et par manger lentement avant d'étirer son grand corps avec un soupir d'aise et de monter se coucher.

Ce jour-là, sans rien ajouter, il monta l'escalier à pas lourds et on remarqua qu'il n'avait pas retiré ses bottes encore humides d'eau salée.

On l'entendit qui se déshabillait et qui se laissait tomber sur son lit. Il n'avait pas eu la curiosité de visiter la maison, qu'il ne connaissait pas encore. Comme un chien qui trouve tout de suite le coin qu'on lui a réservé dans une habitation neuve, il avait repéré sa chambre et la grosse Maria n'avait pas osé monter avec lui.

Le sommeil du patron, c'était sacré. Dès lors, on évita de parler, on se contenta, parfois, de chuchotements, et les femmes faisaient taire les enfants dès qu'ils ouvraient la bouche. On prenait même des précautions pour recharger sans bruit la cuisinière.

Qu'est-ce qu'on pouvait faire ? On attendait. La grosse Maria, qu'on ne voyait presque jamais assise, en dehors des repas, sauf quand elle recevait quelqu'un, restait immobile sur sa chaise, le regard vague, et elle tressaillait de temps en temps en regardant le plafond.

Par deux fois, pourtant, elle devina, à Dieu sait quel frémissement imperceptible, que l'oncle paralytique réclamait qu'on lui bourrât sa pipe et elle le fit, d'un geste machinal, en regardant avec pitié le vieillard qui ne comprenait pas pourquoi il n'était pas dehors, au soleil, et à qui elle préférait ne rien dire.

Sa fille Maria, la jeune Maria, comme on l'appelait, la femme de Van Hasselt, allait et venait dans les pièces du rez-de-chaussée comme quelqu'un qui n'est pas dans son assiette, et sa mère observa à plusieurs reprises son visage au teint plombé, le geste qu'elle avait parfois pour porter les deux mains à son ventre gonflé par la maternité.

Le dîner cuisait sur le feu. De temps en temps une des femmes tournait le ragoût avec une longue cuiller en bois.

Vers onze heures, la grosse Maria, laissant ses pantoufles sur le paillasson du rez-de-chaussée, monta l'escalier sans bruit, resta un bon moment l'oreille collée à la porte de la chambre. On n'entendait aucun bruit, pas même celui de la respiration d'un dormeur grand et fort comme Omer.

Alors, avec des précautions infinies, elle tourna le bouton, entrebâilla la porte pour jeter un coup d'œil à l'intérieur.

Il était couché sur le dos, à moitié habillé, les bras repliés sous la nuque, et il regardait fixement le plafond. Il savait bien qu'elle était là, mais il ne se tourna pas vers elle, il n'ouvrait pas la bouche, il resta enfermé dans sa solitude farouche tandis qu'elle s'éloignait, troublée, sur la pointe des pieds.

En bas, elle se contenta d'annoncer :

— Il ne dort pas.

Et, à onze heures et demie, on mit la table, avec autant de précautions pour ne pas faire de bruit que si le patron avait été plongé dans le sommeil. Les garçons commençaient à interroger l'horloge avec inquiétude, parce que les aiguilles se rapprochaient de midi et qu'ils auraient voulu prendre les nouvelles de la radio.

Le regard au plafond, la grosse Maria prononça enfin :

— Il est levé.

On entendait Omer aller et venir lourdement. Cela parut plus long que les autres jours et cependant il ne resta qu'une dizaine de minutes à sa toilette. Il descendit et, les regards tournés vers la porte, chacun avait malgré soi une angoisse dans la poitrine. On n'aurait pu dire ce qu'on craignait. C'était dans l'air que l'anxiété était diffuse et la jeune Maria avait les traits de plus en plus tirés, une expression peureuse dans les prunelles. Seule sa mère s'en apercevait, mais préférait n'en pas parler.

Le père entra. Il s'était rasé. Il portait son pantalon bleu et une chemise propre, d'un blanc éblouissant, légèrement empesée, qui faisait paraître son visage plus coloré.

Il lui fallut un effort, c'était visible, pour les regarder d'un air naturel et, tout de suite, il marcha vers la radio dont il se mit à tourner les boutons.

Il dit malgré tout, parce que c'était une tradition :

— Qu'est-ce qu'il y a à manger ?

La réponse fut noyée dans le bruit de l'appareil et d'ailleurs il n'y faisait pas attention.

On répétait, sur les ondes, les nouvelles du matin avec cependant quelques nuances. On annonçait, entre autres choses, que le gouvernement belge, replié à Limoges, rédigeait une proclamation qui serait lue au cours de la journée, et on laissait entendre que la Belgique tout entière n'avait pas abandonné la lutte aux côtés des Alliés, que les forces qui avaient échappé à la reddition seraient regroupées à Toulouse avant de retourner au combat.

L'air buté, Omer écoutait et, quand on voulut le questionner, l'émission finie, il haussa ses larges épaules, se contenta de commander :

— À table !

Il mangea. Il mangeait avec le même appétit dans n'importe quelle circonstance, les coudes sur la table, vidant son assiette que la grosse Maria lui remplissait et, ce qui parut l'émouvoir le plus, ce fut de voir le vieil oncle Claes qui, parce qu'on n'avait pas transporté son fauteuil dehors ce jour-là, avait la mine d'un enfant injustement puni.

À quoi bon lui apprendre la vérité ? Il n'y avait rien à faire ce jour-là, rien d'autre qu'attendre. Son repas fini, Omer, toujours silencieux, alla chercher des clous et des outils dans le cagibi qui était derrière la cuisine et où, sans avoir besoin de connaître la maison, il était sûr de les trouver.

On le vit aller et venir dans les pièces, sans un mot sur la nouvelle installation. Il appela Frans, un de ses fils, et lui tendit le bout d'une ficelle afin de calculer la moitié de l'espace au-dessus du lit pour y accrocher un portrait.

Il passa des heures de la sorte, à mesurer, à clouer, à suspendre des photographies et des chromos, à recouper à la scie à métaux des tringles de rideaux.

Dans la chambre de la jeune Maria, où celle-ci était montée tout de suite après avoir mangé et où sa mère était venue la rejoindre, les deux femmes chuchotaient.

Du moment que ce n'était pas encore sûr, il valait mieux ne parler de rien aux hommes. Surtout que le compte de jours n'y était pas, qu'on en était à deux bonnes semaines du délai normal.

Est-ce qu'Omer soupçonnait la vérité ? Il n'avait

jamais l'air, et ce jour-là moins que jamais, de s'occuper de ce qui se passait autour de lui, et cependant il voyait tout, on aurait juré qu'il devinait tout ce qui concernait les siens.

Il vit sa femme passer dans l'escalier avec une tasse de tisane à la main. Normalement, il aurait dû la questionner, car ce n'était pas leur habitude de boire de la tisane. Savait-il que sa fille était en haut ?

Il ne posa pas de question, évita de rencontrer le regard de la grosse Maria et continua de plus belle ses aménagements comme les dimanches de pluie, à Ostende, quand il profitait des heures vides pour mettre de l'ordre dans la maison et pour bricoler.

On ne s'inquiétait pas de ceux de l'ancienne gendarmerie, dont on était coupé par la largeur de la route. On ne se demandait pas ce qu'ils faisaient, tant on avait la certitude qu'ils se conformaient à l'ordre donné. Même sans ordre, n'auraient-ils pas réagi exactement de la même manière que ceux de la maison Masson ?

D'heure en heure, maintenant, et plus souvent encore, un des fils tournait les boutons de la T.S.F. et on entendait un grésillement dans tout l'immeuble, puis une voix, tantôt dans une langue, tantôt dans une autre, parfois de la musique que l'on éteignait aussitôt.

Il y avait aussi les enfants qui faisaient du bruit, qui ne savaient à quoi jouer, qu'on asseyait devant des livres d'images ou devant des crayons de couleur, il y avait le bébé qui vagissait et que sa mère, le sein nu, faisait téter, installée dans le fauteuil d'osier de la cuisine.

D'autres chevaux étaient passés par la forge dont on entendait toujours le marteau et on percevait des pas sur la route, le passage des voitures, les cloches de l'église.

Est-ce qu'Omer pensait à ses caisses de poisson déposées à la mairie ?

À La Rochelle, on discutait bruyamment, dans les cafés, et, à l'heure de l'apéritif, au moment où les gens étaient le plus excités, il y avait eu un commencement de bagarre au *Café des Colonnes* parce qu'un Belge avait crié :

— Vive le roi !

Ce n'était la faute de personne. Les réfugiés, humiliés, ne savaient où se mettre, surtout ceux qui parlaient le flamand et sur qui, machinalement, les gens se retournaient dans la rue.

Bon nombre d'entre eux, ce jour-là, s'étaient égaillés le long des routes, pour échapper à l'atmosphère nerveuse de la ville, aux questions, aux paroles amères, voire aux consolations que certains leur prodiguaient.

Ils marchaient, silencieux et sombres, sur les chemins qu'ils ne connaissaient pas, et tous, au fond de leur cœur, gardaient un même espoir inavoué.

On s'était trompé ou on les avait trompés. Ce n'était pas possible que leur pays se soit déshonoré comme on l'avait proclamé trop hâtivement.

Certains, au consulat, où on ne savait rien, attendaient les nouvelles qui ne pouvaient pas manquer d'arriver. Et, par la fenêtre, il y en avait pour regarder avec envie les Français qui passaient sans avoir besoin de courber la tête.

La salle de la mairie, à Charron, s'était peu à peu imprégnée d'une forte odeur de poisson et les caisses laissaient sourdre une humidité grasse qui gagnait le plancher où les taches s'agrandissaient.

Des paysans passaient sur la route, derrière leurs vaches, du même pas que tous les paysans du monde parce qu'il est rythmé sur celui des bêtes, du même pas que tous les autres jours de l'année, guerre ou pas guerre. Des vieilles, dans les maisons aux murs blanchis à la chaux, aux portraits en noir et gris dans leur cadre plus ou moins chargé de dorures, se pliaient en deux, de ce mouvement quotidien qui les avait courbées de bonne heure, sur le chaudron suspendu au-dessus des quelques bûches de l'âtre.

La journée était longue. Elle n'en finissait pas. La jeune Maria, à présent, avait sans cesse des perles humides au-dessus des lèvres et on sentait dans la maison l'odeur de l'eau de Cologne avec laquelle sa mère lui essuyait de temps en temps le visage.

Elle ne gémissait pas encore. Il n'y avait rien de sûr. Bietje, qui n'était pas mariée, était fort impressionnée, encore qu'on ne lui eût rien dit, et elle n'osait pas monter chez sa sœur. Un des garçons avait fini par aller s'étendre, tout habillé, sur son lit, porte ouverte, et on entendait son ronflement dans l'escalier.

Ce n'était pas une journée comme une autre, cela se sentait aux moindres détails, alors pourtant que chacun s'efforçait de répéter ses attitudes et ses gestes des journées ordinaires.

Il y avait ces fenêtres, ces portes fermées. Il y avait le vieux Claes qu'on n'osait pas regarder tant il avait l'air navré d'être prisonnier. Le plus surprenant, c'est que lui aussi, par une sorte de mimétisme, peut-être parce qu'il associait sa présence dans la maison à l'idée de punition, prenait un air consterné et contrit, comme s'il eût commis une faute.

Pour la première fois depuis des années, sans doute, la grosse Maria oublia pendant deux grandes heures de lui bourrer sa pipe et il ne pouvait rien demander à personne, il n'y avait que ses yeux à vivre dans son visage et à exprimer le même étonnement attristé que les yeux d'un chien que le meilleur des maîtres se met à battre sans raison dans un moment d'exaspération.

De tout le clan des Ostendais, seule Mina, ce jour-là, essaya d'enfreindre la consigne. Peut-être, par les fentes des volets, avait-elle contemplé Louis, l'apprenti charron, qui sortait de temps en temps, en tablier de cuir, de son antre où rougeoyaient les flammes, pour prendre la mesure des sabots d'un cheval ?

Peut-être, à force d'étouffer dans une atmosphère trop figée, parmi des gens dont elle ne partageait pas la consternation, avait-elle besoin de sentir l'air courir dans ses cheveux blonds, de se frotter au monde du dehors, qui sait, d'entrer dans la boutique aux bonnes odeurs pour acheter des bonbons ?

Elle franchit la porte, par-derrière, marcha vite, en rasant les murs, tant qu'elle fut dans la cour.

Savait-elle que, ce jour-là, on n'oserait pas ouvrir une des fenêtres pour lancer dans l'air chaud le sempiternel :

— *Mina...*

Dans la rue, elle marcha moins vite, en se dandinant, en se tortillant plutôt, car elle n'avait pas encore de hanches ni de fesses. Elle ne s'était pas trompée. On ne la rappela pas. Peut-être ne s'aperçut-on pas de son absence ?

C'était la première fois qu'elle était aussi libre, sans la ribambelle d'enfants accrochée à une de ses mains, et son pas, à certain moment, fut si léger qu'il ressembla à une danse.

Elle était émue en passant devant la forge. Elle attendait le regard de Louis et Louis, justement, à cet instant, vint se camper sur le seuil. Louis la regarda et son regard était ironique.

Une voix partit du fond de l'atelier alors que la robe rouge passait devant la porte. Elle disait quelque chose d'horrible :

— Qu'est-ce que t'attends pour faire un enfant à cette putain ? Ça serait toujours ça de pris...

Elle ne pouvait pas comprendre les mots et pourtant elle était sensible à l'injure. Louis riait soudain, d'un rire qu'elle ne lui connaissait pas, à la fois brutal, vulgaire et gêné. Il la détaillait avec effronterie des pieds à la tête et elle fut prise de peur, se sentit seule dans la rue, dans le village, seule à la merci des étrangers, sans personne de chez eux pour la protéger.

Par bravade, elle fit encore quelques pas en direction de la boutique d'Agat mais sa panique devenait trop forte et soudain elle tourna les talons et se précipita vers l'ancienne gendarmerie dans la cour de laquelle elle arriva haletante.

— D'où viens-tu ? questionna sa mère en lui donnant machinalement une gifle.

Au lieu de répondre, elle pleura et passa le reste de l'après-midi à pleurnicher dans son coin.

— Omer !... appela la voix de la grosse Maria qui était en haut.

Il se tenait, lui, debout près de la radio où l'on remettait d'heure en heure la déclaration du gouvernement belge. Il devait y avoir de l'affolement, à Limoges. On annonçait :

— Dans quelques minutes, nous diffuserons...

Puis, après quelques disques ou après un long silence, car la radio, ce jour-là, avait des silences angoissants :

— Nous nous excusons auprès de nos auditeurs... La déclaration du gouvernement belge ne nous est pas encore parvenue mais, dès que nous l'aurons en notre possession, nous...

— Omer !...

Il vit que sa fille Bietje devenait pâle. Il savait pourquoi. Il savait tout. Et, comme il était un homme, il avait encore plus peur que Bietje, mais il n'avait pas le droit de le laisser voir.

Il monta, à pas lourds et lents, prenant son

temps. La porte s'ouvrit sans qu'il eût besoin de toucher le bouton et il évita de regarder vers le lit.

La grosse Maria lui parlait à voix basse, très vite, et il écoutait en courbant la tête. Il savait aussi qu'en bas les autres tendaient l'oreille, essayaient d'entendre ou de deviner.

Il redressa enfin le front et fit signe que oui. Puis il pénétra dans sa chambre pour endosser sa grosse veste de drap bleu marine et pour prendre sa casquette.

C'était la première fois qu'un du clan sortait depuis le matin. Ils ignoraient encore l'incursion de Mina dans le village. Et Mina était une femme, une gamine, une enfant, à qui on n'aurait pas osé s'en prendre.

Omer n'avait pas peur. Pas peur des coups, par exemple. C'était lui, à Ostende, qui intervenait dans les bagarres et qui empoignait les adversaires exaspérés, un de chaque main, jusqu'à ce qu'ils entendent raison et cessent de gigoter.

Il n'avait pas peur des coups, mais peut-être d'un regard, d'un sourire, d'un crachat qu'on lancerait devant lui sur le trottoir, d'une porte ou d'une fenêtre se fermant brutalement sur son passage. Parce qu'il ne pourrait rien faire, rien dire, sinon poursuivre sa route en rongeant son frein.

Frans, son aîné, le questionnait du regard pour savoir s'il avait le droit de l'accompagner, mais Omer préférait partir seul. Il prenait, dans le tiroir du buffet, le dictionnaire qu'ils avaient apporté d'Ostende et qu'il glissa dans sa poche. Il faillit allumer un cigare car, les jours où il revenait de la mer, il avait l'habitude de fumer deux ou trois cigares. C'était une sorte de récompense qu'il s'octroyait.

Il n'y avait pas droit, ce jour-là. Même ça, un cigare, pourrait passer pour une provocation. Il se contenta de sa pipe qu'il bourra d'un index lent et qu'il alluma, comme il le faisait dans sa maison de Belgique, en introduisant un morceau de papier dans la cuisinière, par le trou d'aération, pour l'enflammer.

Il était six heures du soir, la plus mauvaise heure. Les cultivateurs étaient encore dans les champs ou dans les prés, mais les boucholeurs, pour la plupart, étaient rentrés de la mer et formaient dehors de petits groupes qui devisaient à l'ombre en attendant le moment de l'apéritif.

La porte des Ostendais s'ouvrit et Omer la referma derrière lui, tourna à gauche et marcha à grands pas tranquilles en fumant sa pipe.

Il ne pouvait pas savoir que, pour les autres, c'était presque un soulagement de le voir, d'entendre enfin le bruit de la porte qui s'ouvrait et se refermait. C'était un peu, un tout petit peu comme si on les avait crus morts et comme si, enfin, on les revoyait bien vivants dans la personne de leur chef.

Il regardait droit devant lui et il avait la poitrine serrée en approchant du premier groupe d'hommes devant lequel il devait passer.

Or, les hommes se turent. Ce fut eux qui baissèrent la tête, sauf un, un galopin, qui grommela des syllabes qu'Omer ne comprit pas, et que ses camarades, quand il fut passé, assaillirent de reproches.

Qui sait, si on avait pu se parler de part et d'autre, peut-être y aurait-il eu des effusions ?

La guerre se rapprochait. On ne savait plus. On flairait des mensonges dans les nouvelles et il y avait la même inquiétude dans tous les cœurs, le même malaise, vague comme un commencement de grippe, sur toutes les épaules.

Le Flamand se dirigeait, de son pas lent et lourd, vers la mairie où il allait retrouver ses caisses de poisson à peu près intactes et il y avait des habitants pour s'en repentir, pour avoir un peu honte de la désillusion supplémentaire qu'on allait lui donner. On le suivait des yeux. Des rideaux bougeaient. Des enfants s'arrêtaient, ébahis de le voir, après ce qu'ils avaient entendu dire à la table familiale.

Qu'est-ce qu'on avait dit au juste ?

De tout. Du bon et du mauvais. On leur en voulait et on en avait vaguement pitié. On ne comprenait plus, surtout, parce que Londres ne disait pas la même chose que Paris et que des réfugiés, à La Rochelle, affirmaient qu'il y avait des Allemands, qu'ils en avaient vu là où, officiellement, d'après les communiqués, il n'aurait pas dû y en avoir.

On commençait à pressentir que la guerre n'était pas une chose lointaine, que cette fois elle était pour tout le monde. Et, comme à la caserne les bleus regardent avec respect les anciens, ceux de la classe, on avait une involontaire considération pour ceux qui y avaient déjà passé.

Est-ce que la radio, la radio officielle, ne venait pas d'avouer que seul un miracle pouvait sauver la France ? Alors, quand les Ostendais étaient arrivés et qu'ils avaient prétendu que les Allemands viendraient jusqu'en Charente ?...

Qu'est-ce qu'il allait faire à la mairie ? Une sorte de respect instinctif empêchait les hommes de s'en approcher. On le voyait franchir la grille, traverser la cour, monter les marches...

Il allait voir ses caisses intactes... Il les voyait... Mlle Delaroche, plongée dans les circulaires officielles qui lui arrivaient par plis épais à chaque courrier, se précipitait, un peu rose, au-devant de lui.

Est-ce qu'on avait honte ? Qui avait honte, en somme ? Honte pour eux ? Honte de ne pas leur avoir tendu la main, de ne pas leur avoir adressé un petit signe, comme on le fait pour les gens qui ont eu des malheurs ?

C'était complexe. C'était un sentiment triste, accablant, une lourdeur d'orage, un malaise trop vague.

Est-ce qu'il venait se plaindre ? De quoi ? On faisait taire les quelques-uns qui ne trouvaient pour eux que des injures et qui répétaient le mot « Boche » comme s'il eût suffi à tout expliquer.

— Ta gueule ! leur disait-on.

Et lui, Omer, ouvrait son petit dictionnaire à la page qu'il avait cornée avant de partir. Il avait retiré sa casquette de marin, ce qui lui arrivait rarement, et l'institutrice pouvait voir des gouttes de sueur sur son front bruni, où la coiffure avait causé une frontière nette entre le blanc du crâne et le hâle du visage.

Il soulignait un mot, de son gros pouce à l'ongle coupé carré.

« Sage-femme »…

Et Mlle Delaroche, qui portait ce jour-là une robe de toile blanche, sortait avec lui. Ils se dirigeaient tous les deux vers le bout du village, du côté du Pont-du-Brault, où il n'y avait que quelques maisons basses. Les gens essayaient encore de deviner.

On comprit quand ils entrèrent chez la mère Boineau, que tout le monde appelait « maman Boineau ». Elle vivait seule dans une maison de deux pièces où, sur le blanc des murs extérieurs, tranchait un fouillis de petites fleurs mauves. Elle avait aidé à mettre au monde tous ceux qui, dans le village, avaient moins de quarante ans.

Ici encore, avant de se pencher pour pénétrer, par la porte basse, dans une pièce où sa tête frôlait le plafond, l'Ostendais retira sa casquette qu'il tint gauchement dans sa main.

Il resta longtemps. On savait pourquoi. Maman Boineau avait l'habitude, avant de sortir pour un accouchement, de se changer des pieds à la tête et de préparer minutieusement ses instruments. Elle laissait la porte de sa chambre entrouverte. On ne la voyait pas, mais elle parlait tout le temps.

Et elle parlait encore en accompagnant l'Ostendais et Mlle Delaroche qui les quitta à la croisée des routes.

Elle parla encore après, bien que le Flamand

fût incapable de la comprendre. Elle parlait parce qu'elle avait la manie de parler ; elle parlait pendant tout le temps d'un accouchement et il y avait des femmes pour affirmer que cela les aidait.

Les fenêtres et les portes, désormais, avaient beau rester closes chez les Ostendais, l'entrée de maman Boineau chez eux rendait leur maison plus humaine, parce que ce n'était plus le mystère pesant qui avait duré toute la journée, on savait ce qui se passait et ce qui se passait était commun à tous.

On put, à l'heure fraîche, déambuler devant chez eux sans détourner la tête. D'autant plus qu'aux dernières nouvelles il n'était plus si sûr que ça que les Belges avaient trahi. Et n'était-il pas question de proclamer Paris ville ouverte ?

Quand on vit une lumière au premier étage, on sut ce qui se passait derrière. Si on baissait encore la tête en passant, c'était parce que certains cris, que les murs ne parvenaient pas à étouffer, étaient trop révélateurs.

— Allez jouer plus loin ! disait-on aux enfants qui s'approchaient du seuil.

Il y avait effectivement quelque chose de changé puisque, tandis que la nuit tombait, des femmes, plusieurs fois, des Ostendaises, firent la navette entre la maison Masson et l'ancienne gendarmerie. Elles se montraient, affairées, franchissaient la rue, et personne ne songeait à leur manifester hostilité ou méfiance.

Peut-être que Louis, l'apprenti forgeron, avait un peu honte de son rire outrageant de l'après-midi ? Il était au coin de la rue, avec les camarades.

— Elle viendra pas... plaisantaient ceux-ci.

Et lui ne riait pas. Il y avait un rien d'anxiété dans son regard qui espérait toujours une petite tache rouge dans le crépuscule.

Mina ne sortit pas, n'essaya pas de s'enfuir ce soir-là.

Bietje pleurait, sans raison, dans la cuisine. Son beau-frère, Louis Van Hasselt, passait son temps à monter l'escalier, à s'arrêter, le masque tragique, sur le palier, puis à redescendre et à boire un grand coup de genièvre, si bien qu'au bout du compte il avait les yeux un peu égarés.

Les gens du pays se couchèrent sans savoir la fin, parce qu'il était trop tard. Une heure venait de sonner quand on entendit des vagissements dans la maison et il y eut à nouveau des allées et venues d'un côté de la rue à l'autre.

Maman Boineau ne partit qu'à trois heures, en interdisant par des signes énergiques et par des paroles incompréhensibles qu'un des garçons l'accompagnât. Elle n'avait pas peur de la nuit. Elle en avait l'habitude. Ne leur avait-elle pas expliqué — en vain, car ses mots étaient du latin pour eux — qu'une fois, un certain mois de mars, elle avait fait vingt-huit accouchements, dont vingt-trois la nuit, et la moitié au moins dans des fermes éloignées ?

Ceux qui ne dormaient pas dans le village, ou qui avaient le sommeil léger, l'entendirent rentrer chez elle de son pas aussi net et aussi sonore, malgré son âge, qu'un pas d'homme. Puis, deux heures plus tard peut-être, en tout cas avant l'aube, il y eut le vacarme de la camionnette qu'on mettait en marche.

Il y eut aussi, du côté de La Pallice ou de La Rochelle, on ne savait pas au juste, des détonations sourdes, trois dirent certains, quatre, prétendirent d'autres.

C'était le *Champlain* qui sautait, au petit jour, à la pointe extrême du jour, au moment où la marée, le faisant éviter sur ses ancres, le mettait en contact avec les mines posées par les avions allemands, au moment aussi où la camionnette des Ostendais se rangeait le long du quai, près des cinq chalutiers parés à prendre à nouveau la mer.

Tout cela, on ne l'apprit que plus tard, par bribes et morceaux, avec des inexactitudes, des rectifications, à tel point qu'à midi le bruit courut que c'était Omer et ses hommes qui avaient fait sauter le paquebot dans la rade et qu'on les avait emmenés à La Rochelle menottes aux poings.

Ce qui incita les Charronnais raisonnables à se méfier de cette rumeur c'est que, dès huit heures, ce jour-là, on avait transporté le fauteuil de l'oncle Claes, avec son occupant, de l'autre côté de la rue, près du seuil de la gendarmerie, où l'invalide à la tête de bois fumait à nouveau sa pipe.

6

Quand les hommes rentrèrent à La Pallice, après douze jours de mer, la première chose qui les frappa ce fut le petit café qu'ils avaient remarqué le premier jour, celui où l'homme de la Préfecture avait téléphoné à leur sujet, où les deux gendarmes qui les surveillaient allaient de temps en temps boire du vin blanc, sur un monticule, juste au-dessus de la cale de carénage.

La maison, qu'on était occupé à repeindre quand ils étaient partis, n'avait plus de toit, plus de fenêtres, on voyait le ciel par les trous des murs, les traces des planchers et des meubles sur les papiers peints. Au-dessus de la porte de ce qui avait été une accueillante auberge, pendait, de travers, mais intacte, l'enseigne, qui annonçait :

À la Grotte
Salle pour noces et banquets

Un grand bateau, dans la cale sèche, le *Foucault*, avait eu son pont déchiré par trois bombes lancées en piqué. Lui aussi, on était en train de le repeindre à neuf quand il avait été blessé à mort et sa cheminée, pimpante comme un jouet d'enfant, se penchait sur des poutrelles tordues.

Louis Van Hasselt, le mari de Maria-la-Jeune, partit le premier à vélo, à cause du bébé qui n'avait que deux ou trois heures quand il avait pris la mer et dont il avait parlé pendant toute la campagne.

Omer devait avant tout s'occuper de son poisson. Depuis des heures, il répétait mentalement les mots qu'il prononcerait — il avait consulté son dictionnaire de poche — quand il se trouverait devant l'intendant militaire, car ce n'était qu'à lui qu'il voulait avoir affaire. Pas beaucoup de mots. Il n'était pas l'homme des phrases, à plus forte raison en français. Il dirait simplement, en prenant un air détaché, modeste — ce qui prouve qu'un grand et gros capitaine ostendais peut garder quelque chose d'enfantin dans un coin de la cervelle :

— *Cinquante tonnes.*

Cinquante tonnes de merlus, de raies, de soles et de tacauds qu'ils étaient allés chercher au large de la Mauritanie, des côtes d'Afrique, sans avoir besoin de personne pour leur montrer le chemin de la « grande sole » et pour leur indiquer les fonds. Encore en auraient-ils rapporté davantage si, au retour, ils n'avaient pas dû faire escale au Portugal pour embarquer du mazout.

C'était un tout petit port, avec des maisons jaune bouton-d'or, comme cuites au soleil, des routes du même jaune qui serpentaient dans la verdure sombre des collines, une mer d'un bleu sombre aussi qui reflétait des voiles brunes et le rouge profond du liston des barques, un tout petit port paresseux où la guerre devenait si lointaine qu'elle en était invraisemblable.

On les avait regardés comme des hommes venus d'une autre planète. On avait hoché la tête devant les billets de banque belges qu'Omer avait tirés de son portefeuille usé. On n'en avait pas voulu. Il avait fallu vendre une partie du poisson pour payer le mazout.

Ils avaient traversé aussi la route de Gibraltar, sillonnée de navires de guerre et d'avions, et pendant des heures ils avaient vécu avec la peur d'être réquisitionnés par les Anglais. Ailleurs, devant Lisbonne, ils avaient croisé un petit cargo, à peine plus haut de bord que leurs chalutiers, qui avait le cap sur l'Amérique et dont le pont était encombré d'hommes, de femmes et d'enfants qui fuyaient l'Europe.

C'est néanmoins au petit port portugais, figé dans son incroyable quiétude de carte postale, qu'Omer pensa le plus ce jour-là, tandis qu'il déambulait dans les rues de La Rochelle.

La ville avait changé en leur absence. Il était impossible, maintenant, de donner un sens aux allées et venues de la foule. C'était un grouillement désordonné qui faisait penser à une fourmilière que l'on vient de bouleverser du bout du pied.

Les autos, qui circulaient dans toutes les directions, comme si elles cherchaient en vain une issue, portaient le « NL » des Hollandais, le « B »

large et gras des Belges, les indications minéralo-
giques de tous les départements de France, et des
gens arrivaient de loin à vélo ; certains, à cause de
la chaleur, étaient vêtus de culottes courtes mais
transportaient d'énormes ballots sur leur porte-
bagages. On assaillait les boutiques, surtout les
boulangeries à la porte desquelles on faisait la
queue. On se battait autour des marchands de
journaux et une telle foule cernait la gare que, de
loin, cela faisait penser à une émeute.

Paris était occupé. Les Allemands avaient dé-
filé aux Champs-Élysées. Aux terrasses des cafés,
où il n'y avait pas une chaise libre, des hommes
en bras de chemise, des femmes en robes légères,
buvaient n'importe quoi, ce que les garçons affairés voulaient bien leur servir, car les caves commençaient à se vider. On parlait de dizaines de
milliers d'hommes, d'autres disaient des centaines
de milliers qui, le long de la Loire, creusaient un
gigantesque fossé où s'arrêterait l'avance incroyable des chars ennemis.

Omer, suivi d'un de ses fils, vaquait à ses affaires, de son pas égal, écartant la foule devant lui,
et, comme il l'avait fait la première fois, il déposa
des caisses de poisson au centre d'accueil.

Les barrières qui entouraient celui-ci avaient
été défoncées. La foule des réfugiés débordait dehors et des camions, des autos invraisemblables
avaient grimpé sur les terre-pleins, servant d'abri
à des familles entières.

Mme Berthe, l'infirmière, montrait un visage
bouffi, aux yeux cernés de rouge. Sa blouse blan-

130

che était sale, avec une déchirure près du sein, et elle regarda les Ostendais comme sans les reconnaître, elle dut chercher dans sa mémoire, enfin elle leur demanda machinalement :

— Qu'est-ce que vous voulez encore ?

L'intendant, lui aussi, crut, au premier abord, qu'Omer venait l'assaillir de nouvelles réclamations. Des camions ? Pour quoi faire ? Pour débarquer le poisson ? On ne pensait plus au poisson. On avait oublié qu'il y avait encore des bateaux en mer.

— Donnez-leur des camions… dit-il à son lieutenant.

Autant qu'ils en voudraient ! On ne savait que faire de tous les véhicules qu'on avait réquisitionnés, selon les ordres de Paris, et qui encombraient la place d'Armes. Et tant de gens qui avaient parcouru des centaines de kilomètres et qui n'avaient pu continuer leur route faute de ces véhicules…

Est-ce que les trains roulaient encore ? Le chef de gare n'en savait rien. Des milliers d'individus l'assaillaient, campaient dans les salles d'attente et sur les quais, avec ce regard vide qui vient aux hommes quand rien ne se passe plus selon les normes, quand tout est possible, quand on ne cherche même plus à prévoir ou à réagir.

Des montagnes de bicyclettes étaient là, dont les propriétaires avaient peut-être été dirigés sur Toulouse, ou sur Lyon, et des voitures d'enfants, des ballots de vêtements parmi lesquels erraient des femmes qui n'avaient plus rien.

Comme Omer, toujours flanqué de son fils, quittait à grands pas le centre d'accueil et se dirigeait vers sa camionnette, il fut rejoint par un petit homme essoufflé, fort bien habillé, qui lui adressa la parole en flamand.

C'était un Anversois, cela se reconnaissait à son accent. Un diamantaire.

— Vous êtes bien celui qui a des bateaux à La Pallice, n'est-ce pas ?

Quelqu'un avait dû, dans la foule, lui désigner l'Ostendais que le petit homme avait suivi à la piste. Il lui offrait de l'argent, n'importe combien, si on voulait bien le conduire en Angleterre. Tentateur, il sortait son portefeuille de sa poche, laissait entrevoir des liasses de billets neufs.

Il était si nerveux que son visage était agité de tics. Ses genoux frémissaient, ses mains tremblaient, on aurait pu croire que c'était une question de minutes, que les Allemands étaient là, aux portes de la ville.

— J'achète le bateau, si vous le préférez, et je vous le paie en livres sterling...

Omer le regardait froidement, de haut en bas, sans une marque d'intérêt, haussait les épaules, continuait sa route et l'autre, qui était un monsieur, qui était arrivé dans une auto de grand luxe, se raccrochait à sa manche, comme un mendiant. Sa voix prenait les inflexions humbles de la prière.

Omer fut obligé de retirer brutalement son bras et, quand il mit la camionnette en marche, l'homme était toujours à gesticuler sur le trottoir.

Omer savait bien qu'on lui payerait son poisson avec un bon et il soupçonnait aussi que ce bon ne lui serait jamais remboursé, mais cela lui était égal. Il l'avait glissé, indifférent, dans son portefeuille, et il avait surveillé l'arrimage des caisses dans les camions.

Il s'attendait également à ce qu'on venait de lui annoncer. Les bateaux de pêche n'avaient plus le droit de prendre la mer. Peut-être, si la situation ne s'aggravait pas, leur permettrait-on de sortir du port, mais seulement pour la journée, car la navigation de nuit était interdite, les phares étaient éteints, des avions, chaque nuit, survolaient la côte et la rade.

Tout cela prit du temps. Les Ostendais, sauf Louis Van Hasselt qui était parti en avant à vélo, n'arrivèrent à Charron qu'à six heures du soir et, cette fois encore, ils apportaient des caisses de poisson. Omer y tenait. Il n'avait pas répondu aux objections de son beau-frère qui lui rappelait le poisson que, la fois précédente, les gens avaient laissé pourrir sur place.

Le village avait changé aussi. C'est à peine si on reconnaissait quelques visages, tant les gens du pays étaient perdus dans le flot des nouveaux venus.

L'oncle Claes était assis dans son fauteuil, au soleil, près de la porte de la gendarmerie et, avec les enfants qui jouaient sur le seuil, il y avait d'autres enfants inconnus, d'autres Flamands sans doute, car les gosses paraissaient se comprendre. Il y avait aussi, dans la cour, des femmes que l'on n'avait jamais vues.

Toutes les petites maisons basses débordaient, parce que d'autres réfugiés avaient déferlé de partout, à vélo et souvent à pied, y compris des habitants de Dreux et d'Orléans. Il en arrivait encore. On vivait pour ainsi dire dans la rue, car les maisons étaient trop petites. La salle de la mairie était pleine, et l'école, d'où on avait renvoyé les enfants.

Pour tous ceux-là, les Ostendais étaient des anciens, des privilégiés ; on regardait avec envie leur camionnette, on les suivait des yeux tandis qu'ils débarquaient leur poisson, on se précipitait avidement dès qu'on apprenait que tout le monde avait le droit de se servir.

Sur le visage d'hommes mûrs, de vieillards, de mères de famille, on lisait une convoitise qu'on ne voit d'habitude que dans les yeux des enfants pauvres. C'était encore plus la peur d'être privés que la privation elle-même et les gens emportaient les poissons glacés à bout de bras comme un butin.

La nouvelle se propageait et il en venait de tous les coins du bourg ; les derniers couraient et se bousculaient ; Agat fut obligé d'intervenir et de répéter de la grosse voix qu'il prenait pour lancer les « Avis » le dimanche après la messe :

— Un merlu par famille !... Pas plus d'un merlu par famille !...

Est-ce qu'on se méfiait encore d'eux ? On ne savait plus. On n'avait plus le loisir d'y penser.

— La gare de Dreux vient d'être entièrement détruite... Les avions boches y ont fait sauter deux trains de munitions... L'avenue de la Gare a sauté...

Et des paysans de Normandie poussaient devant eux leur troupeau. Les Ostendais, qui revenaient de la mer, des côtes lointaines d'Afrique, traversaient la foule à pas lents, et les derniers venus, qui ne les connaissaient pas encore, les suivaient des yeux.

C'étaient les heureux. Ils étaient arrivés les premiers et ils occupaient deux grandes maisons où ils avaient leurs meubles, leurs effets personnels, tandis que certains couchaient sur la paille et ne possédaient plus une chemise de rechange.

Omer secoua ses bottes sur le seuil de la maison Masson et entra, baisant chacun au front comme il en avait l'habitude. Tout de suite, il monta au premier étage et resta debout un bon moment devant le berceau du dernier-né.

Les femmes lui lançaient des regards curieux et il ne savait pas pourquoi, il ne se rendait pas compte qu'il était beaucoup plus grave, plus lourd que d'habitude, qu'une sorte de voile était tombé sur son visage.

Une des belles-filles dit :

— On croirait qu'il a vieilli.

Est-ce qu'il pensait toujours qu'ils auraient pu être loin, lui et tous les siens, à l'abri de la guerre, par exemple dans le petit port portugais où il avait acheté du mazout ?

Pensait-il qu'il aurait pu, à la rigueur, partir encore, à la condition de s'y prendre adroitement et d'abandonner leurs affaires ? Le diamantaire anversois ne voulait-il pas embarquer ?

Une fois tout le monde à bord, rien ne pouvait les empêcher de prendre le large, pas même les mitrailleuses antiaériennes de La Pallice, et ce n'est pas contre des chalutiers chargés de réfugiés qu'on mettrait les canons de marine en batterie.

Y songeait-il vraiment ? Était-il tenté ?

Il n'en laissa rien voir. Le calme de la maison, son odeur, les allées et venues quotidiennes des femmes, leurs gestes familiers contrastaient avec l'agitation du dehors et surtout avec le chaos qu'il avait traversé à La Rochelle.

Bon gré mal gré, ils s'étaient incrustés dans le village, et ce village, désormais, pour un temps plus ou moins long, était le leur.

— Omer...

La grosse Maria avait à lui parler. Elle voulait le mettre au courant de tout ce qui s'était passé pendant l'absence des hommes et il la suivit dans leur chambre dont elle referma la porte. Pendant qu'il se déshabillait pour endosser du linge propre, elle lui disait :

— Il se passe quelque chose avec Mina...

Elle ne comprenait pas qu'il restât calme, le regard comme absent. Elle lui racontait que plusieurs fois, le soir, alors que la nuit tombait, elle avait aperçu la robe rouge qui se glissait le long des maisons.

Mina se conduisait mal. Mina, sans aucun doute, allait retrouver un homme. Au surplus, sur son passage, les gens du pays ne se gênaient pas pour se pousser du coude et pour éclater de rire.

La grosse Maria, la veille, avait traversé la rue et avait pénétré dans la cour de la gendarmerie où la mère de Mina mettait du linge à sécher sur des cordes.

Elle avait commencé :

— Il faut que je te dise, Flavie, que ta fille...

Et la femme édentée, sans se donner la peine de se retourner, avait lancé :

— Ne t'occupe donc pas de ma fille ! Elle vaut autant que les tiennes...

Voilà ce que la grosse Maria avait sur le cœur. Les choses n'en étaient pas restées là. Flavie, qui avait eu sa fille bien avant son mariage et que tout le monde connaissait à Ostende pour une traînée, avait prononcé des paroles presque haineuses.

— À bord, il y a peut-être un patron et des hommes qui obéissent. Mais ici, ce n'est pas la même chose. Je suis chez moi aussi. Autant que n'importe qui ! Ce que fait ou ce que ne fait pas ma fille ne regarde personne et ce n'est pas la peine de prendre des airs de gendarme...

Puis il avait été question de certains qui couchaient dans des écuries tandis que d'autres occupaient de belles maisons, de provisions que les uns pouvaient se payer tandis qu'un jour ou l'autre les pauvres gens crèveraient de faim.

Flavie grommelait des mots plus ou moins distincts qui faisaient allusion aux bateaux qu'il fallait sauver avant les humains parce que les bateaux représentent de l'argent tandis qu'on trouve toujours des matelots.

— Répète... criait la grosse Maria.

— Je répéterai si ça me plaît !

— Est-ce qu'on n'est pas allé chez toi chercher

tes affaires, alors que les Allemands étaient tout près ?... Est-ce ma faute si tu n'as jamais eu d'ordre ni d'économie et si tu bois tout ce que ton mari gagne, plutôt que d'acheter des chaussures à tes enfants qui sont obligés d'aller nu-pieds ?...

Elle racontait tout cela, la grosse Maria, assise au bord du lit, tandis qu'Omer s'ébrouait en se lavant dans la cuvette, s'installait ensuite sur une chaise pour mettre à tremper ses pieds que les bottes faisaient enfler à chaque campagne.

— Il faudra la remettre à sa place... Dieu sait ce qu'elle raconte aux gens qu'elle amène dans la cour... Car il y a toujours plein de monde devant sa porte... Et, si Mina continue à courir les hommes, on ne dira pas que c'est elle, mais que ce sont toutes les filles de chez nous...

Elle observait de temps en temps son mari à la dérobée, étonnée de ne pas le voir s'indigner. Parfois il avait l'air de ne pas entendre et de poursuivre une rêverie intérieure.

— Est-ce que j'ai bien fait de lui dire...

Il la regarda avec de gros yeux surpris, mit un certain temps à rattraper le fil de la conversation et déclara gravement, avec une gravité un peu comique, car on sentait qu'il pensait à autre chose mais qu'il voulait lui faire plaisir :

— Tu as eu raison, Maria.

— Si elle est ici, elle et les autres, c'est tout de même grâce à toi...

Il s'essuyait les pieds et enfilait des chaussettes propres avec une satisfaction animale ; il se dressait et elle lui passait machinalement son linge, comme elle l'avait toujours fait.

Alors seulement elle sentit qu'il se passait dans sa tête des choses qu'elle ne comprenait pas et elle n'osa pas insister. Tout au plus lui demanda-t-elle :

— Tu crois que les Allemands viendront jusqu'ici ?

Il regardait par la fenêtre les fenêtres d'en face et il ne répondit pas.

— Certains prétendent que l'armistice sera signé avant...

Il ne répondit toujours pas et, quand elle descendit, ce fut pour chuchoter aux autres :

— Il faut que tout le monde soit très gentil avec Omer... Il a des idées qui le tracassent... Il pense trop... C'est lui qui porte toutes les responsabilités...

C'était la première fois qu'il se taisait ainsi avec elle. Est-ce qu'il avait une pensée de derrière la tête ? Est-ce qu'il prévoyait des malheurs auxquels les autres ne songeaient même pas ?

Car on ne sentait pas dans le village autant d'abattement qu'on aurait pu en attendre. On vivait au jour le jour, heure par heure. On se préoccupait surtout de manger, de la façon dont on s'arrangerait pour dormir.

Jamais le temps n'avait été aussi radieux des semaines de suite. Il n'y avait pas un nuage au ciel, pas une ride sur la mer, et l'herbe des prés, luisante et grasse, restait immobile dans le soleil.

À peine rentré de la mer, Pietje, le comique,

s'était assis sur le seuil de la gendarmerie, près du vieil infirme, à califourchon sur une chaise à fond de paille, et il jouait de l'harmonica, en gonflant et en dégonflant, pour faire rire les gosses, ses joues en caoutchouc.

Dans la maison Masson, on restait entre soi. Cela n'avait pas empêché la grosse Maria de donner des langes, des draps et du sucre à des femmes qui en manquaient.

En face, dans l'ancienne gendarmerie, et surtout dans la cour, c'était un va-et-vient continuel. Quand on ne se comprenait pas, on s'expliquait avec des gestes, avec des mots simples qu'on répétait à l'infini et des rires fusaient souvent.

Pour la première fois, certains des Ostendais allèrent au café et burent le vin blanc avec d'autres réfugiés, avec des gens du pays, et il y en eut qui rentrèrent en titubant un peu, parce qu'ils n'avaient pas l'habitude.

Omer, lui, ce soir-là, passa son temps à bêcher un bout de jardin et il avait toujours le même regard calme et réfléchi, mais comme sans flamme.

On n'osait pas le questionner. On respectait sa solitude. Les garçons ne dirent rien quand il annonça, en laissant ses sabots devant la porte de la cuisine et en allant se laver les mains au robinet :

— Demain, nous sortirons avec deux bateaux…

Il s'en alla avant le lever du soleil, avec seulement dix hommes dans sa camionnette. Ils accrochèrent un des filets à des fonds rocheux et ils furent des heures à travailler dessus pour le ramener à peu près intact.

Il y eut néanmoins quelques caisses de poisson qu'ils déposèrent une fois de plus à la mairie et que les gens s'arrachèrent littéralement des mains.

— Votre père est soucieux... disait la grosse Maria en soupirant.

Quand on lui parlait des nouvelles de la radio, il n'avait pas l'air d'écouter et il lui arrivait de hausser les épaules, comme si ces choses-là eussent été sans importance.

— *Ils* sont sur la Loire...

Il les regardait calmement.

— Le gouvernement s'est replié à Bordeaux et il est question qu'il passe en Afrique du Nord...

C'était exactement comme si Pietje avait joué de l'harmonica devant lui.

Des soldats commençaient à passer, par petits paquets, qui ne montaient pas vers le front mais qui en revenaient, sans armes, et qui cherchaient à acheter ou à emprunter des bicyclettes pour rentrer plus vite chez eux.

Il y en eut un du pays qui revint ainsi au village mais qui ne se montra pas, comme s'il avait eu honte, qui fut trois jours avant de reparaître, en civil, et à aller avec les autres aux bouchots.

Car on soignait toujours les bêtes et on entretenait les bouchots. La vie continuait, comme par la force acquise, et les Ostendais prenaient l'habitude de sortir chaque matin avec deux bateaux, de rapporter chaque soir du poisson.

C'était déjà considéré comme un dû. S'ils n'y étaient pas allés, sans doute aurait-on dit :

— Qu'est-ce qu'ils font donc ?

Des gens, ainsi que les Flamands l'avaient fait en arrivant, mais sur une plus petite échelle, parce qu'il n'y avait plus pour eux ni gendarmerie ni maison Masson, aménageaient leur coin, un peu comme les oiseaux façonnent leur nid, qui dans une cuisine, qui dans un coin de grange ou dans une bicoque en planches au fond d'un jardin. On les voyait aller et venir, coltinant de la paille, un vieux matelas, des ustensiles de cuisine dépareillés.

À ceux qui arrivaient encore, car il en venait toujours, on criait au passage de descendre plus bas, parce qu'il n'y avait plus de place, parce que parfois quinze personnes dormaient dans une même pièce dont il fallait laisser portes et fenêtres ouvertes à cause de l'odeur.

— Les Allemands sont à...

Des avions passaient, souvent en plein jour désormais, dont on essayait de distinguer la nationalité. On s'y trompait à tout coup. La Rochelle connaissait les alertes. Les sirènes hurlaient et la foule, au lieu de se mettre à l'abri, restait dans les rues et sur les places publiques, le nez en l'air.

Certains prétendaient qu'*ils* étaient à Tours...

Et si Omer changeait chaque jour les hommes de ses équipages, il prenait chaque jour la mer en personne, partait avant le lever du soleil au volant de sa camionnette que les gens du pays avaient appris à connaître. Au point que ceux de Nieul et de Marsilly la guettaient au retour, se groupaient pour l'arrêter au passage.

— Vous n'avez pas de poisson pour nous ?

Il en abandonnait une caisse par-ci par-là et

vivait toujours une vie machinale. Maria n'osait plus lui parler de Mina et pourtant on l'avait vue, couchée au pied d'une haie, avec un garçon qui n'était autre que le Louis de la forge.

La grosse Maria évitait de lui confier les enfants, par peur des maladies.

Et la fille en rouge, à présent, rôdait Dieu sait où toute la journée, avec sa jupe déteinte comme un vieux drapeau et ses jambes maigres comme des bouts de bois. Est-ce que cela avait encore de l'importance ? Les Allemands approcheraient, qui violeraient les femmes et les filles, fusilleraient les hommes...

Qu'est-ce que les responsables faisaient, à Bordeaux et ailleurs, à changer de ministres et à former des gouvernements ?

Il n'y avait plus de trains. La gare était vide. On campait dans les écoles de La Rochelle comme dans celle de Charron et personne ne savait plus qui donnait les ordres ; il arrivait encore, dans les mairies, des circulaires qui n'avaient aucun rapport avec la situation et que Mlle Delaroche épinglait calmement les unes aux autres.

— Ils sont à Poitiers... Ils marchent sur Niort...

La radio affirmait le contraire. Les soldats, au Pont-du-Brault, ignoraient toujours ce qu'ils gardaient et ce qu'ils devaient faire si les Allemands se présentaient. Ils étaient dix, avec des uniformes incomplets, certains avec leurs pantalons de civils. Est-ce qu'ils devaient tirer ?

À tour de rôle, ils venaient au village chercher des bouteilles de vin blanc et des boîtes de maquereaux en conserve. On ne trouvait plus que cela dans le commerce. Les réfugiés, eux aussi, étaient au régime des maquereaux à la sauce tomate. Et des petits pois. Car on n'avait jamais vu autant de petits pois dans les potagers que cette année-là.

Un matin que les hommes étaient absents, la grosse Maria dut défendre sa maison contre des nouveaux venus, des gens d'en dessous de la Loire, qui voulaient absolument de la place et qui se montraient menaçants.

Elle leur montra les gosses, le nouveau-né. Avec ses doigts, elle dénombra les habitants de la maison et ils finirent par se laisser convaincre et par aller chercher abri ailleurs.

Le maire mourut alors que c'était une quasi-certitude que les Allemands occupaient Niort. Pourquoi n'avançaient-ils pas ? Qu'est-ce qu'ils attendaient pour franchir les quarante derniers kilomètres ?

On sentait leur présence, littéralement. Des gens les avaient vus, pouvaient les décrire. Or, ils n'avançaient plus. La guerre était comme en suspens. Était-ce vrai qu'il y avait des propositions d'armistice ?

Alors, qu'on se dépêche ! Et on se dépêchait d'enterrer le maire, parce que le lendemain ou le surlendemain il serait peut-être trop tard.

Les Charronnais étaient en noir. Beaucoup de vieilles portaient leur coiffe blanche. Les cloches sonnaient le glas et, en suivant le corps au cimetière, derrière l'église, on regardait malgré soi en

144

l'air, dans le ciel d'un bleu serein, où un avion vrombissait.

Étaient-ce eux qui arrivaient ?

Les bateaux, à La Pallice, ne sortaient plus du port. On les avait groupés dans le bassin et Omer avait obtenu de laisser un homme à bord.

Il ne les abandonnait pas. Il n'était pas possible de les abandonner. Les marins à pompon rouge ne savaient pas plus que les soldats ce qu'ils devaient faire et parfois, en plein jour, on entendait le tac-tac d'une mitrailleuse, quelques hommes, derrière des sacs de sable, tiraient à tout hasard sur un avion qui les survolait.

On disait :

— Demain, sûrement...

Puis :

— Dans quelques heures...

Et on en arrivait à le souhaiter, parce que la tension était trop forte, parce qu'il fallait que cela finisse. Qu'est-ce qu'ils faisaient donc à Bordeaux ? Et qu'est-ce que les Allemands, à Niort, attendaient ?

Omer, chaussé de sabots de bois, les manches de sa chemise blanche ruisselantes de soleil, un chapeau de paille acheté chez Agat sur la tête, travaillait dans son jardin toute la journée et, aux repas, se montrait de plus en plus taciturne, tandis que la grosse Maria faisait signe aux autres de ne pas le déranger dans sa rêverie ou dans ses réflexions.

Un soir, à six heures, il y eut soudain un remous dans l'atmosphère et tout le village frémit. Une moto venait de passer à toute vitesse, avec un side-car, fonçant sur la grand-route, trouant l'air calme et laissant derrière elle un sillon de stupeur.

C'étaient des Allemands, deux Allemands. Personne n'avait imaginé que cela se passerait ainsi. À peine avait-on vu du gris, des casques mats et le tube d'une mitrailleuse. Ils étaient déjà dans le marais, roulant vers Esnandes, vers Marsilly, et les groupes se formaient dans la rue.

Trois des soldats du Pont-du-Brault, qui tenaient des bouteilles à bout de bras, ne savaient plus s'ils devaient encore aller rejoindre leurs camarades.

On avait à peine eu le temps de commenter l'événement que la moto revenait, que la foule s'écartait, que l'engin s'arrêtait à moins de dix mètres de la maison des Ostendais.

— Charron ? questionnaient les deux Allemands avec un fort accent.

Ils avaient le visage si plaqué de poussière que les yeux en paraissaient d'un blanc de porcelaine. Ils regardaient la foule sans curiosité, répétant :

— Charron ?

Puis, comme on leur faisait signe que oui, que c'était bien là, ils repartaient comme ils étaient venus cependant que la grosse Maria allait avertir Omer dans son jardin.

Ils n'arrivèrent qu'une heure plus tard, juste au moment de l'angélus, une centaine de motos du même type, avec des hommes au visage également terni par la poussière, ce qui les faisait paraître plus forts et d'une matière plus dure que les autres humains.

146

Ils virèrent, tous ensemble, comme à la manœuvre, devant la mairie, stoppèrent les moteurs cependant que les enfants étaient les premiers à oser s'approcher et que les grandes personnes se tenaient à distance.

On vit se dessiner sur le perron la silhouette blanche de Mlle Delaroche qui tenait une main sur son sein gauche. Un des motocyclistes marcha vers elle, un tout jeune, qui semblait cependant être le chef, et qui lui fit le salut militaire avant de lui parler.

Agat, le garde champêtre, était debout à quelques mètres. D'autres officiers ou sous-officiers s'approchaient et la foule regardait toujours ces uniformes inconnus, gris fer, ces hommes qui venaient de si loin et qui les observaient avec la même curiosité.

Mlle Delaroche ne comprenait pas ce que l'officier lui disait et l'officier s'impatientait visiblement. Il désignait ses hommes, la mairie, répétait sans cesse les mêmes mots, fumait de plus en plus nerveusement la cigarette qu'il venait d'allumer et regardait autour de lui avec une certaine inquiétude.

Est-ce qu'ils avaient peur ? Est-ce qu'ils soupçonnaient un piège ?

Un soldat de La Rochelle, un électricien que tout le monde connaissait, un de ceux du Pont-du-Brault, était là, au milieu des uniformes gris, avec son fusil en bandoulière et un litre de blanc dans la main gauche. Et personne, ni les Allemands, ni les Français, ne paraissait s'en apercevoir.

— Qu'est-ce qu'il dit ?

Mlle Delaroche faisait signe qu'elle ne comprenait rien, pas un mot, mais ses interlocuteurs ne la croyaient pas et il y avait de la tension dans l'air, certains visages devenaient menaçants.

— Agat... Si vous alliez chercher les Flamands ?...

Ne parlaient-ils pas à peu près la même langue ? Agat s'éloigna et courut à la maison Masson. Omer n'était pas sur son seuil, comme tant d'autres. Peut-être au prix d'un gros effort, il était resté dans son jardin, une binette à la main.

Il devina tout de suite de quoi il s'agissait et hésita, regarda les plates-bandes autour de lui, déposa son outil, faillit monter pour aller changer de costume.

Agat le pressait. On avait l'impression, si on ne leur donnait pas satisfaction, que les Allemands étaient sur le point de se fâcher. Et alors, Dieu sait à quelles extrémités ils se livreraient...

— Ta casquette, Omer... cria la grosse Maria.

Parce qu'elle trouvait qu'il avait plus de dignité avec sa casquette de marin qu'en chapeau de paille à large bord. Elle la lui apporta. Ils marchèrent le long de la route.

Et la foule, à ce moment-là, attendait tout de lui. On le suivait des yeux. On avait envie de l'encourager.

Les rangs, devant la mairie, s'ouvrirent pour le laisser passer et il s'avança dans l'espace libre, entre les motos, marcha droit au chef, à deux pas de qui il s'arrêta en prononçant quelques mots dans une langue que les autres ne connaissaient pas.

L'Allemand parla, lui aussi, avec volubilité. Omer se tourna vers Mlle Delaroche.

— Il demande... Il demande...

Les mots lui manquaient. Il cherchait comme un secours dans la foule et un autre Flamand, qui n'était pas de leur clan, un réfugié des derniers jours, se faufila entre les uniformes.

— Ils veulent un cantonnement pour cent vingt hommes... De la paille fraîche dans une salle avec un plancher... Pas de la pierre ni du ciment, mais un plancher... Et des chambres chez l'habitant, deux chambres pour les officiers et quatre pour les sous-officiers...

Un des Allemands, qui avait pénétré dans la mairie, en ressortait en expliquant que celle-ci faisait l'affaire. Il suffisait d'expulser les réfugiés, de changer la paille.

— Changer la paille... répétait Omer en flamand.

— Changer la paille... disait à son tour le réfugié qui parlait tant bien que mal les deux langues.

Et dans ce soir chaotique on vit les hommes du village, qui craignaient des représailles, apporter de la paille fraîche, entasser dehors, à grands coups de fourche, celle qui avait servi ; on vit des familles qui déménageaient une fois de plus et Omer, tout droit, dans un espace vide, qui écoutait, impassible, ce que lui disait le jeune officier.

7

Cela faisait un peu penser à une ville d'eau, à une station balnéaire, à un quelconque endroit de villégiature où il y a ceux qui passent, qui mangent à la table d'hôte, réclament des cartes postales qu'on les voit ensuite couvrir d'écriture à la terrasse, et ceux qui restent, qui ont leur table avec leur bouteille de vin ou d'eau minérale marquée à leur nom. Encore règne-t-il au-dessus d'eux ceux qui ont loué des villas pour la saison et, tout au sommet de la hiérarchie, ceux qui reviennent chaque année et qui appellent les gens du pays par leur prénom.

À Charron, dès le second jour, sans attendre l'annonce officielle de l'armistice, certains disparurent comme ils étaient venus, dont on ne garda pour tout souvenir que les litres vides, des boîtes de conserve et du linge déchiré que longtemps après encore on retrouvait dans la paille ; parfois des choses plus intimes et plus malpropres !

On avait beau leur répéter qu'il n'existait plus de ponts sur la Loire, que les Allemands arrêtaient les véhicules sur les routes, ils repartaient

150

en auto, à vélo, n'importe comment, entreprenaient de refaire, à rebrousse-poil, le chemin qu'ils avaient parcouru pour venir, et leur grand souci était presque toujours de savoir si leur maison était restée debout, si on n'avait pas pillé leurs affaires.

On reçut des cartes postales, beaucoup plus tard, quand la poste fonctionna à nouveau, de gens sur le nom desquels on n'était déjà plus capable de mettre un visage.

D'autres, chaque matin, partaient à pied pour La Rochelle où ils s'agglutinaient aux milliers de personnes qui attendaient, des heures durant, dans l'espoir qu'un train se formerait et remonterait vers le nord.

Au village, des maisons, des tronçons de rue reprenaient leur visage d'antan.

Les Ostendais restaient.

Et c'était Omer que le commandant allemand réclamait quand il avait quelque chose à demander ou à faire savoir à la population. Était-ce seulement parce que l'Ostendais pouvait à peu près le comprendre ? Omer, à l'aide de son petit dictionnaire, n'avait-il pas autant de peine que l'officier en aurait eu à se faire entendre de Mlle Delaroche ?

La raison de ce choix n'était-elle pas qu'il était grand et fort, et calme, d'un certain âge, et qu'il donnait une impression de solidité ? Ou encore qu'il ne se montrait ni hostile ni obséquieux ?

Le commandant avait établi son bureau dans la classe. Mlle Delaroche avait dû transférer celui de

la mairie, où couchaient les hommes, dans un cagibi qui servait d'habitude à ranger les drapeaux
et la pompe à incendie. On l'appelait pour lui
dire :

— M. Omer, s'il vous plaît...

Et on allait chercher le Flamand, qui arrivait à
grands pas lents et qui restait debout, écoutait en
hochant la tête puis, chez Mlle Delaroche, com-
pulsait son dictionnaire après avoir mis ses lunettes. On ne l'avait jamais vu avec des lunettes : elles
contribuaient à le rendre plus grave, plus distant.

On s'habituait si bien à son rôle d'intermédiaire
que les gens du pays allaient le trouver, eux aussi,
lorsqu'ils avaient une demande quelconque à
adresser aux occupants, de sorte que c'était le patron des Ostendais, en définitive, qui faisait figure
de maire du pays.

Deux sous-officiers couchaient à l'ancienne
gendarmerie, dans une chambre du devant qu'il
avait fallu leur céder. Toutes fenêtres ouvertes, la
plupart du temps le torse nu, ils vivaient là pour
ainsi dire en public, s'asseyant sur le rebord de la
fenêtre pour manger leur gamelle, hélant les enfants et leur donnant des biscuits ou des morceaux de chocolat.

Ils se lavaient dans la cour, se mettaient tout
nus, puis faisaient leur gymnastique, et les femmes du fond les regardaient. Flavie, la mère de
Mina, fut la première à les recevoir chez elle. Elle
ne se donnait pas la peine de refermer la porte. Ils
s'asseyaient dans la cuisine et on les voyait rire en
buvant du café.

La grosse Maria se demandait comment Omer réagirait. Il devait savoir. Elle ne lui en parlait pas mais elle était à peu près sûre qu'il avait vu, lui aussi. Or, Omer n'y faisait pas allusion. Il était de plus en plus taciturne et, pendant une longue semaine encore, il passa le plus clair de ses journées à travailler dans son jardin avec autant d'acharnement que si le sort des siens en eût dépendu.

Des affiches en deux langues apparaissaient sur le panneau, devant la mairie, au sujet des armes, des réquisitions de bétail, puis il y en eut une au sujet des Belges qui étaient dans l'obligation de se faire inscrire. Les Flamands ne se présentèrent pas. C'était toujours comme si aucun règlement ne les eût concernés.

Le neuvième ou le dixième jour, Omer mit sa camionnette en marche, pour la première fois, et, accompagné d'un de ses fils, se dirigea vers La Rochelle. Il n'avait pas d'autorisation de circuler. Il ne possédait pas le triangle rouge que l'on commençait à distribuer pour les voitures qui avaient le droit de prendre la route.

On ne lui demanda rien. Et on le revit, calme et obstiné, dans tous les bureaux où on l'avait aperçu jadis, du temps des Français. C'étaient maintenant des Allemands qui les occupaient, qui le regardaient curieusement, l'écoutaient et ne savaient que lui répondre.

Car il était toujours question de ses bateaux. D'abord, puisque La Rochelle était envahi, tout comme Ostende, il demandait à rentrer chez lui avec ses chalutiers.

Ainsi que les Français l'avaient fait, les nouveaux téléphonaient et on commençait à constater que leurs rouages administratifs étaient tout aussi compliqués. Il existait deux ou trois « kommandantur » différentes. Il y en avait une à la mairie, où l'on distribuait des bons d'essence aux réfugiés belges qui voulaient repartir. Il y en avait une autre rue du Palais et une autre encore dans un hôtel particulier de la rue du Minage.

Omer passait sans attendre son tour et on le laissait s'imposer. Il ouvrait son gros portefeuille, montrait ses papiers de bord.

Trois fois, quatre fois, il alla de la sorte à La Rochelle, sans se laisser décourager. Puis, quand il comprit qu'on ne le laisserait pas retourner en Belgique avec ses bateaux, il reprit son ancienne litanie.

Les chalutiers sont faits pour pêcher. Ils étaient des pêcheurs. Donc, il réclamait le droit d'aller en mer, le temps qu'on voudrait, mais d'aller en mer.

Et cela aussi prit près d'une semaine, car les services de l'occupant n'étaient pas encore organisés et personne n'acceptait de prendre des responsabilités.

À Charron, on se servait de lui tout en le regardant de travers. Surtout quand on le vit rentrer avec un triangle rouge sur le pare-brise de sa camionnette. On venait lui demander :

— Comment s'y prend-on pour obtenir une autorisation de circuler ?

Il donnait l'adresse des bureaux. Les gens s'y rendaient et revenaient bredouilles. Pourquoi les

Ostendais obtenaient-ils ce qu'on refusait aux autres ?

Et pourquoi était-ce toujours Omer que le commandant allemand réclamait quand il avait une communication à faire ?

Quelques-uns des hommes partirent, un matin, car il était interdit de circuler la nuit, et deux des cinq chalutiers levèrent l'ancre. Ils rentrèrent le soir avec un peu de poisson et une partie fut réservée, comme c'était devenu une habitude, à la population du bourg.

On se demandait si les Ostendais allaient en distribuer aux Allemands aussi. Ils n'en donnèrent pas.

Dès lors, ce fut une routine. Les hommes partaient, jamais tous ensemble, car une partie de la flottille seulement prenait la mer. Omer les accompagnait toujours. Il avait obtenu un laissez-passer de nuit, afin de pouvoir profiter des différentes marées.

Des trains recommençaient à circuler. Les villages se vidaient toujours davantage. Les Allemands de Charron s'en allèrent un beau matin dans la direction du sud et on fut une semaine sans apercevoir d'uniformes, après quoi on vit arriver des soldats avec des chevaux qui réquisitionnèrent les écuries et les étables.

Ceux-là aussi, tout de suite, furent en quelque sorte attirés par les Flamands et le soir la fille en rouge se promena le long de la route, une fleur entre les lèvres, avec un sous-officier.

Cette fois, la grosse Maria fut incapable de se taire.

— Je ne sais pas, Omer, si tu as remarqué que Mina...

Elle voyait bien, à ses yeux, qu'il savait. Mais elle voyait bien aussi qu'il ne voulait pas en parler et elle se demandait pourquoi.

— Il y a toujours les Allemands dans la cuisine de sa mère... On dirait que Flavie le fait exprès...

Ne répondit-il pas quelque chose dans le genre de :

— Ce sont des hommes comme les autres, n'est-ce pas ?

C'était si inattendu que la grosse Maria n'en crut pas ses oreilles et qu'elle en resta troublée pendant des heures. Que pouvait-il se passer dans la tête de son Omer ?

À La Pallice, les Allemands avaient tendu des barbelés autour des bassins et il fallait un papier spécial pour les franchir. Omer avait son papier dans son portefeuille. Une fois qu'avec sa camionnette il sortait de la zone interdite, un Français cracha par terre et grommela :

— Salaud...

Les Flamands comprirent. Le fils d'Omer rougit, fit un mouvement comme pour sauter à bas de la voiture mais Omer, lui, ne broncha pas. Seulement ses yeux devinrent plus durs.

Maria se demandait parfois s'il n'était pas malade. Il faisait penser à quelqu'un qui couve une maladie. Quand il était dans la maison une journée entière, il ne savait où mettre son grand corps et il était rare de le voir s'amuser avec les enfants comme il le faisait autrefois. Il ne jouait plus aux cartes non plus et, depuis qu'il avait repris la mer, il ne s'occupait plus du tout de son jardin.

Certains avaient cru un instant qu'avec l'armistice c'était la fin de la guerre, mais celle-ci continuait avec les Anglais. Des avions de la Royal Air Force prenaient l'habitude de venir la nuit survoler La Rochelle et La Pallice et on entendait pendant des heures le tir de la D.C.A.

Omer et ses hommes pêchaient, avec deux bateaux d'abord, puis avec trois, avec quatre. Ils allaient toujours un peu plus loin, revenaient avec davantage de poisson qu'ils portaient aux Halles et dont ils ne manquaient pas de réserver une part, comme une dîme, aux gens de Charron.

Les troupes étaient reparties et il en était encore venu d'autres qui, celles-ci, semblaient vouloir se fixer. Un major parla de réquisitionner la maison Masson qui lui convenait. Toute une journée, on crut qu'il allait s'y installer mais, quand Omer revint, il n'eut besoin que de quelques minutes de conversation pour le faire renoncer à son projet.

Qu'est-ce que l'Ostendais lui avait dit ? Et pourquoi était-ce la femme de l'ancien notaire, une vieille personne seule et peureuse, qui devait loger l'officier et son ordonnance ?

Il n'y avait plus de doute maintenant que Mina courait avec les Boches. Elle ne se cachait même pas. On aurait dit qu'elle était toute fière de se promener en compagnie d'un sous-officier et peu lui importait si le sous-officier changeait chaque semaine.

Louis, le forgeron, parlait de lui casser la gueule, de lui couper les cheveux à ras pour lui apprendre à vivre.

— T'as couché avec elle ?

— Bien sûr... répondait-il.

La vérité, c'est qu'il n'avait pas osé, qu'il enrageait maintenant de voir que les Allemands n'avaient pas les mêmes scrupules que lui.

— Sa mère en fait autant...

C'était probable. Il y avait trop de soldats à se succéder dans la cuisine de la femme aux dents qui manquaient. Qu'est-ce qui pouvait les attirer chez Flavie, sinon qu'elle leur accordait tout ce qu'ils désiraient ? Et pourquoi, alors qu'elle laissait longtemps sa porte ouverte, qu'on les voyait rire et manger à l'intérieur, éprouvait-elle tout à coup le besoin de la refermer et de tirer le rideau après avoir envoyé les enfants dehors ?

Omer ne pouvait pas l'ignorer et Omer se taisait. La grosse Maria s'en rongeait les sangs, évitait de mettre les pieds dans la cour de l'ancienne gendarmerie. La porte de la maison Masson était interdite à Mina, qui n'avait plus le droit de promener « les enfants de devant » et à qui cela était bien égal.

Un dimanche matin, chez les Flamands, on attendait les hommes qui auraient déjà dû être rentrés de la mer. La grosse Maria et ses filles étaient habillées pour la messe et, fait étrange, Maria hésitait à quitter la maison, comme si elle avait le pressentiment que quelque chose se produirait pendant son absence.

C'était la première fois, depuis ses couches, que la jeune Maria allait à la messe. Bien qu'un peu pâle, elle avait bonne mine. Avant de partir, elle dégrafa sa robe de soie pour donner le sein à son fils, puis demanda :

— Tu viens, maman ?

Elles partirent, ne laissant qu'une femme à la maison, et pendant toute la messe la grosse Maria tressaillait et se retournait machinalement chaque fois qu'elle entendait sur la route le passage d'une voiture.

Il s'était mis à pleuvoir. Alors qu'il n'était pas tombé une goutte d'eau pendant les semaines qui avaient précédé l'arrivée des Allemands à Charron, il pleuvait maintenant deux jours sur trois et il était bien rare d'apercevoir le soleil.

La messe était longue, chantée par les jeunes filles groupées autour de l'harmonium que tenait Mlle Delaroche. N'est-ce pas à Mina et à sa mère que le curé fit allusion, dans son sermon, quand il parla de la dignité que l'on devait garder devant l'occupant ? Surtout les femmes, insistait-il…

Et on ne se gênait pas pour se retourner vers le banc des Ostendaises qui finissaient, sinon par tout comprendre, tout au moins par deviner. La grosse Maria, très rouge, respirait difficilement. La jeune Maria pleurait dans ses mains, sans trop savoir pourquoi. Heureusement qu'il faisait sombre dans l'église.

La sonnette grêle de l'enfant de chœur tintait.

Tous les fidèles s'agenouillaient dans un bruit de chaises remuées.

Et voilà qu'au moment de l'élévation, on entendait du bruit au fond de la nef. La porte s'était ouverte et des gens entraient ; des pas lourds, traînants.

La sonnette tintait à nouveau. Les têtes se courbaient. Le prêtre élevait l'hostie, puis le ciboire au-dessus de sa tête.

La grosse Maria aurait juré qu'elle avait entendu à ce moment-là un sanglot rauque, un sanglot d'homme fort et corpulent.

Quand elle put se retourner enfin, elle constata que ses hommes étaient là, agenouillés sur les dalles, tête nue, dans leur costume de mer au fond de l'église.

Alors, son pressentiment la vrilla de plus belle. Elle eut la certitude qu'un malheur était arrivé. Elle chercha Omer des yeux et vit que le hâle avait disparu de son visage, qu'il était aussi pâle qu'un homme des villes.

Elle n'osa pas bouger. Elle se sentait comme prisonnière dans son banc. Ses filles, à leur tour, et ses belles-filles, tournaient la tête. Un des enfants questionnait à voix haute :

— Qu'est-ce qu'il y a ?

La communion... L'*Ite missa est*... La délivrance enfin, les pas des fidèles, la grosse Maria qui s'élançait la première, qui ne pouvait s'empêcher, devant l'Omer tragique qui venait de se redresser, de lancer de sa grosse voix :

— Que s'est-il passé ?

160

Puis, tout de suite, découvrant comme un vide dans les rangs des hommes :

— Où est Frans ?… Où sont…

La foule des fidèles les poussait dehors et ils se retrouvèrent sur le parvis, formant un groupe serré autour de la haute stature d'Omer qui ouvrait la bouche et qui prononçait, après un temps mort, comme s'il avait eu de la peine à retrouver sa voix :

— Le *Leeuw van Vlaanderen* a sauté sur une mine, ce matin, à cinq heures…

Tous les hommes qui étaient là avaient assisté au drame. Ils n'étaient pas loin du chalutier. À travers le rideau de pluie et de brume, ils pouvaient apercevoir la ligne basse de la côte, les hautes cheminées de La Pallice.

Les bateaux, à quelques encablures les uns des autres, retiraient leurs filets. Dans une heure au plus ils seraient au port et ce serait le dimanche familial, les œufs au lard du matin, le linge propre, les bons vêtements qu'on endosserait après un petit somme bercé par la voix des enfants dans la maison.

On avait entendu l'explosion. Seul Pietje, avant même de percevoir le bruit, avait vu une fumée et comme une gerbe d'eau qui s'élevait au flanc du *Leeuw van Vlaanderen*.

Les hommes, à cause du froid de la nuit, du froid de l'eau salée dont ils ruisselaient, avaient leurs lourdes bottes, leurs pantalons cirés, leurs suroîts.

Il y en avait un, on ne pouvait pas savoir lequel, qui s'était maintenu sur la mer assez longtemps, pendant que le bateau se retournait avec lenteur puis s'enfonçait par son avant.

Et les gens de Charron, à présent, leur missel à la main, les regardaient sans comprendre. Omer maintenait la grosse Maria debout en la tenant sous le bras. La jeune Maria sanglotait dans les bras de sa sœur et c'était pour elle qu'on craignait le plus, car elle n'avait pas repris toutes ses forces.

Soudain, écarquillant les yeux, elle questionna :

— Louis ?...

Il aurait dû être là. Louis Van Hasselt ne faisait pas partie de l'équipage du *Leeuw van Vlaanderen* car, d'habitude, il commandait en second la *Jonghe Maria*.

— Courage, Maria...

— Louis ?... répétait-elle.

Eh oui !... Parce que le moteur du *Leeuw van Vlaanderen* avait des ratés, Louis, qui était le meilleur mécanicien, avait, cette nuit-là, changé de bateau.

Maria hurlait. Elle hurlait comme un chien hurle à la mort, en fixant la foule sans la voir, et on dut l'emporter, gigotante, entre deux hommes, la transporter dans la maison tandis que, du dehors, on continuait à entendre ses cris perçants.

Six hommes étaient morts, du clan des Ostendais. Il y avait des deuils chez eux aussi. La nouvelle faisait peu à peu le tour du village. Est-ce qu'on devait les laisser en paix ou fallait-il aller leur présenter des condoléances ?

Il n'y aurait même pas d'enterrement, à moins que, dans quelques jours, la mer ne rejette les corps, comme cela arrivait souvent, et, dans ce cas, on les retrouverait sans doute dans les bouchots, tout au fond de la baie de l'Aiguillon, là où les courants amenaient les épaves.

Mlle Delaroche fut la première à sonner chez les Ostendais et à balbutier quelques mots. Ils étaient réunis pour la plupart dans la première pièce, toujours dans leurs vêtements du dimanche. Les femmes avaient les yeux rouges et tenaient des mouchoirs roulés en boule dans le creux de leur main. Il flottait une légère odeur d'alcool et on apercevait un cruchon de genièvre qu'on avait dû déboucher pour se remonter.

D'autres vinrent, si bien qu'on laissa la porte contre. On entrait. Les Flamandes formaient un cercle presque parfait autour de la table. On leur touchait le bout des doigts. On balbutiait quelques mots, n'importe lesquels — cela n'avait pas d'importance, puisqu'elles ne comprenaient pas —, et on restait un petit moment tête basse, avec un air de componction.

Elles reniflaient, disaient *Dank u* avec un pauvre sourire et les gens s'en allaient, croisaient d'autres visiteurs dans le corridor.

Par qui le major allemand fut-il averti ? Toujours est-il qu'il se dérangea, lui aussi. Il fit comme les autres, chercha Omer des yeux, mais Omer ne se montra pas de toute la journée, qu'il passa seul dans sa chambre dont, parfois, la grosse Maria entrouvrait timidement la porte pour s'assurer qu'il ne lui était rien arrivé.

Petit à petit, le silence devint moins religieux.

On osa chuchoter. On regardait encore le plafond avec crainte, mais les voix devenaient de plus en plus distinctes. On mangea aussi. Et, comme il y avait une éclaircie, on envoya les enfants se promener sur la route sous la garde d'une des filles.

Ce n'était pas une veillée funèbre comme les autres, parce que les corps manquaient. Et cela faisait un vide énorme dans la maison. On avait tout le temps envie d'interpeller les absents, comme s'ils eussent été là. On avait administré un fort calmant à la jeune Maria qui s'était enfin endormie et qui rêvait tout haut, comme une enfant. Et même dans son sommeil ses paupières laissaient parfois jaillir une grosse larme.

Omer n'avait pas mangé. Pendant des heures, il était resté couché sur son lit, comme le jour de la reddition de l'armée belge, à fixer le plafond.

Puis il marcha de long en large et les autres, en bas, suivaient ses allées et venues, l'oreille tendue.

Quand il descendit, il était sept heures du soir et tout le monde était à table, la soupière fumait au milieu des assiettes à fleurs.

Il ne s'était pas rasé. Il s'était contenté de passer un vieux pantalon et un chandail bleu. Il n'avait pas sa pipe aux dents, comme d'habitude.

Chose surprenante, ce fut le vieil oncle Claes et non la grosse Maria qu'il regarda comme pour lui demander conseil.

Debout, alors que tous les autres étaient assis et attendaient en silence, il parla. Quelques paroles, seulement, dont on aurait juré qu'il avait hâte de se débarrasser.

Il avait perdu un fils et un gendre, mais il lui restait deux autres fils, qui étaient là, leurs yeux fixés sur son visage. Ce fut à celui qui devenait l'aîné, maintenant que Frans était mort, c'est-à-dire à Hubert, marié, lui aussi, qu'il s'adressa personnellement.

— Il faudra prévenir les hommes que nous prendrons la mer à la marée de nuit.

C'était tout. Il ne voulait pas entendre poser de questions. Il ne voulait pas de commentaires. La preuve, c'est qu'il s'asseyait à sa place, comme de coutume, saisissait sa serviette et prononçait, en se tournant vers sa femme, le quasi rituel :

— Qu'est-ce qu'il y a à manger ?

Son regard, qui faisait le tour des visages, leur ordonnait à tous de faire comme si rien ne s'était passé, de manger en paix, de remettre les effusions à plus tard.

Hubert avait baissé la tête sur son assiette. Sa femme, qui n'avait jamais été très bien portante, n'était plus capable d'avaler une bouchée et, tout le temps du repas, elle le regarda fixement comme si elle ne devait plus jamais le revoir.

Est-ce que le vieil invalide avait compris ? C'était Omer, lui, qu'il regardait, et, malgré le vide habituel de son regard, on avait l'impression qu'il était content, qu'il approuvait.

À dix heures, Omer dit aux femmes :

— Il est l'heure d'aller vous coucher.

Car il devinait leur intention d'attendre leur départ pour leur dire au revoir. Il ne fallait pas. Cela devait se passer comme à l'ordinaire. Ils étaient des pêcheurs et ils allaient pêcher.

Il monta dans sa chambre pour se changer. Il comprit bien que la grosse Maria pleurait sous les draps et il se contenta de l'embrasser au front.

— Au revoir, Maria.

Un sanglot, au moment où il refermait la porte. Il hésita, la main sur le bouton, puis haussa les épaules, descendit, remplit sa blague de tabac, fit tous les menus gestes qu'il faisait chaque fois qu'il prenait la mer.

Les femmes avaient oublié de fermer les volets. Le jour n'était pas tout à fait tombé. Il pleuvait fin. Omer, debout dans la salle à manger, aperçut, au moment où il frottait une allumette pour sa pipe, une silhouette rouge qui se glissait le long du mur blanc d'en face.

C'était Mina qui s'échappait pour aller courir le mâle, comme les chiennes en chaleur, et qu'un soldat allemand, peut-être un sous-officier, devait attendre au coin d'un chemin.

Quand il se retourna, Hubert était debout derrière lui, qui avait vu comme lui et qui serrait les poings de rage. Est-ce que Hubert avait eu un mouvement pour courir après la petite Flamande et l'empêcher de les salir davantage ?

Omer prononça tranquillement :

— Laisse, fils.

Puis, son suroît à la main, il se dirigea vers la cour où les hommes étaient groupés, silencieux, autour de la camionnette.

Ils durent attendre plus de deux heures, à La

166

Pallice, pour appareiller, à cause d'une alerte. La D.C.A. donnait. La nuit était sillonnée de balles traçantes et de fusées. Un réservoir d'essence flambait du côté de Nieul. Des avions bourdonnaient là-haut dans les nuages que les projecteurs s'efforçaient de percer.

Les Ostendais attendaient, accoudés à la rambarde, le signal de fin d'alerte, et alors on entendit le bruit mou des aussières sur la tôle du pont, le ronron régulier des diesels.

Omer, à la barre de l'*Onkel Claes*, partait le premier et les autres le suivaient, noirs dans la nuit, vers la passe de Chassiron au large de laquelle ils mouilleraient leur chalut.

À deux heures du matin, la jeune Maria fit une crise si effrayante que sa mère envoya une des filles à la mairie pour téléphoner à un médecin. Mlle Delaroche se leva, tourna elle-même la manivelle du téléphone. Mais, à cause de l'alerte, celui-ci ne fonctionnait pas.

Un des Allemands, réveillé par le bruit, pénétra dans le cagibi où l'institutrice croisa peureusement sa robe de chambre sur sa poitrine.

Comprit-il ce qu'on lui disait ? Il sortit, revint quelques instants plus tard avec le major qu'on trouvait, au milieu de la nuit, tout habillé et aussi correct qu'en plein jour. Sans doute ne s'était-il pas couché ?

Il accompagna Emma chez les Flamands. Il dit, chemin faisant :

— C'est un grand malheur, n'est-ce pas ?

Et il y avait dans sa voix la même gravité, le

même mystère que dans celle d'Omer. Est-ce que tous les deux pensaient à des choses que les autres n'entrevoyaient pas ?

On ne pouvait pas savoir si le grand malheur c'était la guerre, ou si c'était la mort de quelques pêcheurs, du mari de la jeune Maria qui venait de mettre au monde un bébé.

Il attendit dans le corridor qu'on lui permît de monter, car les femmes, qui n'étaient pas habillées, s'affolaient dans les chambres.

Il soigna Maria, lui donna un médicament à prendre. Au moment de partir, il dit à nouveau, cette fois à la grosse Maria qui le reconduisait :

— C'est un grand malheur, n'est-ce pas ?

Et c'était peut-être à l'avenir qu'il pensait, comme Omer. Tous les deux semblaient regarder très loin dans le temps. Leur calme faisait peur, leur gravité était si pesante qu'on pressentait confusément des catastrophes auprès desquelles les drames présents n'étaient rien.

— Qu'est-ce qu'il a voulu dire ?

— Je ne sais pas.

Les deux hommes, le Belge et l'Allemand, n'avaient pas peur, ce n'était pas l'impression qu'ils donnaient. Ils faisaient ce qu'ils avaient à faire. Omer avait repris la mer avec ses bateaux et ses équipages. On sentait qu'il continuerait jusqu'au bout, quoi qu'il arrive.

C'était, chez eux, comme une résignation lourde, consciente. Ils ne fonçaient pas vers l'inconnu, à la façon de ceux qu'on avait vus s'égailler sur les routes dès l'annonce de l'armistice et qui se figuraient déjà que c'était fini.

L'Allemand avait encore dit — et sur le moment Emma n'y avait pas prêté attention :

— La guerre commence, mademoiselle...

Il y eut de la lumière toute la nuit dans la chambre de la jeune Maria qu'on dut réveiller quand vint l'heure de donner le sein au bébé. Elle n'était plus pleinement consciente. La drogue l'avait abrutie. Sa langue était empâtée et elle regardait avec étonnement ces gens qui s'agitaient autour d'elle.

— La guerre commence, mademoiselle...

Mina ne rentra pas, cette nuit-là. Où coucha-t-elle ? Au petit jour, elle se glissa à nouveau le long des maisons du village et elle marcha plus vite, fit même quelques pas en courant quand un homme qui venait de se lever et qui préparait son café ouvrit sa fenêtre pour lui crier :

— Putain...

Sa robe mouillée lui collait à la peau et elle avait de la boue jusqu'à mi-jambes, à moins que ce ne fût le purin de quelque étable où elle avait échoué avec un mâle en uniforme.

Dans la cour, au moment de rentrer chez elle, elle fut prise de panique et resta longtemps collée au mur, sans bouger, sous la pluie, à fixer les rideaux de la fenêtre.

Puis vint l'heure du réveil et sa mère ouvrit la porte.

— Tu étais là, espèce d'ordure ?

Mina passa vite, en levant le bras d'un geste

machinal pour parer les coups. Elle reçut quand même une gifle, alla s'affaler dans un coin, par terre, près du lit de ses petits frères, d'où Flavie la délogea à coups de pied.

— Tu ferais mieux d'aller tirer de l'eau au puits...

Elle sentait l'homme. Il y avait de la paille dans ses cheveux, mais sa mère n'y pensait déjà plus.

Elle dit seulement, un peu plus tard, quand la gamine revint avec un seau d'eau, après avoir fait crier la chaîne du puits :

— Je parie que si ton père était resté au fond de l'eau avec les autres, tu serais allée courir quand même...

Ce fut tout.

Les gens de derrière, les gens de la cour, commençaient, dans le jour gris, leur vie monotone, et désormais, d'un côté de la route comme de l'autre, on parlait déjà au passé des hommes qui n'étaient pas revenus, on commençait à distribuer leurs affaires, parce qu'un bon pantalon est un bon pantalon et qu'une chaîne de montre est un objet qui revient de droit à Untel ou à Untel quand son propriétaire n'est plus.

8

La grosse Maria avait chaque jour davantage l'impression que quelque chose était changé dans le comportement d'Omer, dans son humeur, peut-être dans sa santé, et elle s'en inquiétait d'autant plus qu'elle n'osait pas se confier à ses filles ni à personne.

Elle s'efforçait de se faire une raison en se disant :

— C'est le moral...

Car, quand les hommes se mettent à penser de la sorte du matin au soir, ce n'est jamais bon. Il y avait dans sa tête des idées qui le tracassaient, et elle avait beau l'observer sans en avoir l'air, elle ne parvenait pas à les deviner.

Cette simple question, par exemple : depuis trente-six ans qu'ils étaient mariés, Omer ne faisait jamais rien sans la consulter ; même quand il s'agissait de la mer, de son métier ; il ne lui en parlait pas avec l'air de lui demander conseil, bien entendu, parce que c'était un homme ; mais il avait une façon à lui de tourner autour d'elle avant de murmurer, comme sans y toucher :

— Je crois que je vais prendre un nouveau mécanicien...

— Un mécanicien de plus ?

— Un mécanicien de plus... On m'a parlé d'un brave garçon, le jeune Snyers, qui sort de l'école des Arts et Métiers...

Pour tout comme ça. À ces moments-là, il l'appelait plus souvent maman que Maria, comme quand les enfants étaient petits. Si elle ne réagissait pas tout de suite, il savait qu'elle était d'accord. Sinon elle ne manquait pas de s'écrier :

— Tu crois vraiment que tu vas faire ça, Omer ?

Or, depuis quelque temps, il ne lui parlait pour ainsi dire plus. Qu'il aille à la mer, malgré le danger des mines, elle pouvait le comprendre. Ils étaient des pêcheurs et les pêcheurs n'ont pas à s'inquiéter de savoir s'ils courent plus ou moins de risques, puisque c'est leur métier. Autrement, les gens ne mangeraient plus de poisson.

Mais pourquoi y aller quasiment tous les jours, au point que certains de ses hommes n'étaient pas contents et commençaient à en parler derrière son dos ? Et pourquoi toujours lui, même quand la plupart des bateaux restaient au port ?

Dans la maison, il n'était nulle part dans son assiette. C'était rare de le voir rester quelques minutes dans son fauteuil d'osier. Il est vrai qu'il n'avait pas, comme à Ostende, son journal en flamand à lire le soir. Il ne s'occupait plus du tout du jardin et, si les femmes ne l'avaient pas arrosé, si elles n'avaient pas passé des heures, accroupies, à arracher les mauvaises herbes, tout ce qu'il avait semé et planté aurait été perdu.

Il y avait autre chose, dont la grosse Maria n'aurait parlé à personne pour tout l'or du monde. Elle avait entendu dire, dans la boutique d'Agat, où maintenant elle faisait son marché, que les Ostendais recevaient beaucoup plus de mazout des Allemands que les autres pêcheurs. Si elle ne parlait pas encore le français, ses oreilles avaient fini par s'habituer, elle comprenait bien des mots et, ce qu'elle ne comprenait pas, il lui arrivait de le deviner.

Un jour qu'elle s'était rendue à La Rochelle par l'autobus pour des achats et qu'avec sa fille Emma elle passait devant le café qui est tout près de la Grosse Horloge, sur le quai, elle avait tourné machinalement la tête et elle était sûre d'avoir reconnu Omer à l'intérieur, tout au fond, presque dans l'ombre. Elle aurait juré qu'Omer l'avait vue et s'était détourné.

Il n'était pas seul. Avec lui, à la même table, sur laquelle il y avait plusieurs verres, se trouvaient deux officiers allemands.

Les bateaux avaient dû rentrer plus tôt que prévu. D'habitude, Omer ne mettait pas les pieds au café. Il n'y avait, à Ostende, qu'un estaminet, dans le port, où il allait de temps en temps pour retrouver des amis et discuter avec eux, et ce n'était pas un de ces bistrots où l'on voit des ivrognes, c'était tenu par un brave homme, lui-même propriétaire de bateaux.

Quand il rentra le soir, Omer ne lui dit rien. Il

fit comme s'il n'y avait rien eu. Pourtant, elle lança, pour voir :

— Je suis allée à La Rochelle cet après-midi...

Il aurait pu répondre :

— Je sais...

Ou encore :

— Je t'ai vue...

Au lieu de cela, il fit l'étonné.

La grosse Maria devint encore plus inquiète avec l'histoire de Pipke. Pipke, c'était le mari de Flavie, le père de Mina, un pauvre homme, tout le monde le savait, et c'est pour cela qu'on ne lui en voulait pas. Il était un peu plus petit qu'Omer mais plus large, plus dru et plus fort. C'était le plus fort de tous, tellement fort qu'on avait peur de le mettre en colère. Heureusement que cela lui arrivait rarement.

D'habitude, il était doux, ou plutôt comme endormi. On lui demandait à brûle-pourpoint :

— À quoi penses-tu, Pipke ?

Et il vous regardait d'un air étonné. Sans doute qu'il ne pensait pas. À l'école, déjà, il était comme ça sur son banc et les maîtres, aussi bien que les élèves, se moquaient de lui.

— Ce n'est pas sa faute, n'est-ce pas ? Il lui manque quelque chose.

Quelque chose dans la tête. Il n'était pas fin. Il lui fallait du temps pour comprendre. Puis encore du temps pour chercher ses mots, qu'il prononçait drôlement, à cause d'un bec-de-lièvre.

On avait organisé des trains spéciaux pour rapatrier les réfugiés belges. Il en était déjà parti sept ou huit. On en annonçait d'autres. La grosse Maria avait dit à Omer, comme elle aurait parlé de n'importe quoi :

— Si seulement on pouvait faire partir Flavie et sa fille…

Ce serait un bon débarras. Cela vaudrait mieux pour tout le monde. Maria ne voulait même plus mettre les pieds dans la cour où on risquait toujours de tomber sur les Boches qui étaient là comme chez eux. Si elle avait adressé la parole à Flavie, elle savait bien qu'elle aurait été reçue par des injures.

Omer avait fait semblant, une fois encore, de ne pas entendre. Cela lui était-il égal que des Ostendaises se conduisent comme Mina et sa mère se conduisaient et que les gens du pays les mettent toutes dans le même sac ?

Maria ne sut jamais ce qui s'était passé avec Pipke ; elle en devina une bonne partie et elle comprit de moins en moins, elle en arriva à envisager de faire venir un docteur sans avertir personne afin d'examiner Omer à son insu.

Ce fut le jour où Omer alla pour la dernière fois porter du poisson au centre d'accueil de La Rochelle. Pendant tout le chemin du retour, à bord, tandis que les hommes lavaient le poisson et le rangeaient dans les caisses, entre les couches de glace, Omer, qui tenait la barre, avait hésité à appeler Pipke auprès de lui pour lui parler.

D'abord, chacun avait sa place, son travail. Ensuite, justement à cause de cela, tout le monde remarquerait leur conversation. Et c'était une conversation difficile, surtout avec un homme comme Pipke.

D'autant plus qu'Omer, si catégorique et si sûr de lui pour certaines choses, devenait maladroit quand il fallait aborder d'autres sujets. Il attendit d'être à terre, et, au lieu de prendre un de ses fils avec lui dans la camionnette pour se rendre à La Rochelle, il y fit monter le mari de Flavie.

Quand ils approchèrent du centre d'accueil, il pleuvait et ils virent de loin Mme Berthe qui emmenait vers la gare un groupe de pauvres gens chargés de bagages. C'étaient ses derniers pensionnaires et cela faisait un drôle d'effet de la voir, en blouse blanche sous un parapluie, avec son voile bleu, comme une bonne sœur qui conduit les enfants à la promenade.

Il ne restait, autour des baraquements, que des lambeaux de barrières, car les réfugiés, pour faire leur cuisine, avaient brûlé tout ce qui pouvait se brûler. Les baraques, pourtant, portes ouvertes, fenêtres démantibulées, n'étaient pas vides. Par-ci par-là il restait de petits groupes, des familles, des enfants. Mais ceux-là, hommes et femmes, minables et sales, étaient de ceux qui auraient vécu de la même manière n'importe où, avec leur crasse, leurs guenilles, leur tranquille effronterie, et leur seule présence faisait ressembler à la « zone » des grandes villes ce qui avait été le camp des réfugiés.

Il y avait quelques Flamands parmi eux, des Flamands d'Anvers auxquels Omer ne répondit même pas. Il déposa ses poissons sans mot dire. Un objet brillait faiblement dans la boue, parmi les détritus, et il se baissa, ramassa une petite médaille de la Vierge, en argent, qui avait dû être suspendue au cou d'un enfant et qu'il essuya avec soin avant de la glisser dans sa poche.

Pipke ignorait toujours pourquoi le patron l'avait emmené avec lui. Peut-être ne se posait-il pas la question ? Il dut cependant être surpris quand Omer arrêta la camionnette devant le café, près de la Grosse Horloge, et lui fit signe de le suivre à l'intérieur.

— Assieds-toi, Pipke... Qu'est-ce que tu bois ?

À croire qu'Omer, au fond, avait toujours été un timide. Il choquait son verre contre celui du matelot, s'essuyait lentement la bouche.

— Je me demande, Pipke, s'il n'y en a pas qui devraient profiter des trains spéciaux pour rentrer à Ostende...

Pipke le regardait, étonné, et le patron craignait déjà d'avoir été trop vite.

— On ne peut évidemment pas partir tous ensemble, à cause des bateaux...

Quelles pensées pouvait ruminer le colosse au bec-de-lièvre ? Son front se plissait. Son regard se durcissait.

Est-ce que, par hasard, il savait ? Tout le monde était persuadé qu'il était trop bête pour s'être aperçu de quelque chose, qu'autrement on aurait entendu depuis longtemps un drôle de bruit dans le fond de la cour.

— Je ne fais plus votre affaire, *baes* ?

Et Omer rougissait, tirait sur sa pipe.

— Est-ce que je t'ai dit ça ?... Est-ce que j'ai hésité un instant à t'emmener avec nous et à aller chercher ta famille ?...

Ce fut pénible. Pas très net. Il était difficile de savoir ce que Pipke pensait. Il y eut en outre un incident, auquel Omer aurait dû s'attendre. Il avait commis une faute en choisissant ce café, où il était venu plus souvent que la grosse Maria ne se le figurait.

Un sous-officier allemand traversa la salle et, s'approchant de la table, tendit la main à Omer, qui la serra d'un air gêné. On eut l'impression que l'Allemand allait s'asseoir à leur table, mais sans doute que l'attitude de l'Ostendais lui fit comprendre qu'il valait mieux s'abstenir.

Le regard de Pipke ne perdit rien de cette scène et il se rembrunit, comme un homme qui ne comprend pas, qui cherche une explication, qui souffre de rester dans le doute.

— C'est à cause des mots que les femmes ont eus ? questionna-t-il un peu plus tard.

Et il serrait ses gros poings, comme pour dire que, s'il en était ainsi, il se chargeait de mettre Flavie à la raison. Parce qu'elle avait dû lui raconter qu'elle s'était disputée avec la patronne, que celle-ci se mêlait de ce qui ne la regardait pas, Dieu sait quoi encore ?

Flavie avait toujours mené son mari par le bout du nez, lui faisant croire tout ce qu'elle voulait.

Omer essayait d'en arriver à ses fins, de plus en plus gauchement. En même temps, il savait qu'on parlait de lui à la table des joueurs de cartes, en face de la leur. Ces gens-là, des commerçants de la ville, qui se retrouvaient chaque jour pour la belote, l'avaient vu précédemment.

Ils ne lui cachaient pas leur mépris, leur dégoût. Les deux qui lui tournaient le dos s'étaient retournés quand l'Allemand était venu lui serrer la main.

— Il faut bien qu'il y en ait qui partent les premiers, tu comprends, Pipke ? Cela ne presse pas. Tu as le temps de réfléchir. Il y a un train mercredi prochain et, je me suis renseigné, ils acceptent de transporter autant de bagages qu'on veut...

Cela n'allait pas avec Pipke, il s'en rendit compte, et il préféra en finir en se levant.

Il ne parla de rien à Maria, en rentrant à Charron. Il ne parlait pour ainsi dire plus à personne, et ce fut ce soir-là que Bietje souffla à sa mère :

— Tu ne trouves pas que papa vieillit ?

La grosse Maria lui avait répondu :

— Ne parle pas de ce que tu ne connais pas, sotte.

Ce qui prouve qu'elle-même devenait nerveuse. Pourtant, elle montait derrière Omer quand il allait dans sa chambre retirer ses vêtements de mer, lui passait son linge propre. Ils étaient seuls et il aurait eu l'occasion de lui dire quelque chose s'il l'avait voulu.

Ce qui se passa cette nuit-là dans la cour, on n'en sut rien. Mina dut sortir en rasant les maisons, selon son habitude. Elle était devenue tellement enragée que, maintenant, elle courait les hommes même les nuits que son père passait à terre.

Pipke la suivit. Du moins le supposa-t-on. Par hasard, tout le monde dormait d'un profond sommeil, cette nuit-là. Vers une heure du matin, peut-être, on entendit des portes claquer, puis des gémissements, des heurts de meubles, Dieu sait quoi.

Les hommes devaient partir pour prendre la mer à six heures du matin. Pipke ne faisait pas partie de l'équipe et pourtant, à six heures, il était dans la camionnette en compagnie de ceux qui attendaient Omer.

On n'osa parler de rien. Ce ne fut qu'au moment d'embrayer que Pietje souffla au patron :

— C'est drôle... Je n'ai pas vu ses femmes, ce matin... Il a refermé sa porte en partant et je crois qu'il a mis la clef dans sa poche...

S'il avait obéi à son intuition, Omer aurait fait demi-tour. Mais on ne laisse pas trois bateaux en plan pour une histoire de clef. Il trouva juste le temps de questionner, en regardant Pipke dans les yeux :

— Tu n'as pas fait de bêtise, au moins, Pipke ?

— N'ayez pas peur, *baes*.

Puis ils n'y pensèrent plus, parce qu'ils accomplissaient les gestes de tous les jours. D'autres bateaux étaient sortis de La Rochelle. Le temps s'était mis au beau et la mer, après plusieurs jours de pluie, était lisse comme un miroir.

On aurait dit que tous les chalutiers s'étaient donné rendez-vous au même endroit. Ils for-

maient une véritable flottille qui avançait lentement vers le sud-ouest en traînant les filets et,
dans le calme de l'air tiède, on aurait pu s'interpeller de bord à bord.

Était-ce pour éviter de nouvelles questions du
patron que Pipke était monté à bord de la *Jonghe
Maria* ? Hubert, le fils aîné d'Omer, la commandait.

À trois heures, on commença à virer les cabes-
tans pour retirer les chaluts et, cette fois encore,
tous les bateaux agissaient comme de concert.

Il y avait dix-sept navires, on en fit le compte
par la suite. Et c'est de la *Jonghe Maria* que
s'éleva une gerbe de flammes. La moitié du chalutier vola en miettes, à tel point que quelques secondes plus tard — des secondes qui paraissaient
éternelles — on voyait encore, à belle distance,
des tôles et des débris de toutes sortes tomber du
ciel dans la mer.

Des hommes nageaient parmi les épaves, trois.
On en comptait trois, sans savoir encore qui ils
étaient, tandis qu'on se dirigeait vers eux à bord
des canots.

L'un des hommes hurlait. On entendait sa
plainte qui semblait se répercuter entre le ciel et
la mer.

C'était Pipke, qui paraissait être en proie à la
terreur ou à la plus aiguë des souffrances.

Les deux autres étaient Hubert Petermans, qui
put nager jusqu'à l'arrivée des sauveteurs, et Seppe,

le rouquin qui avait déclenché la bagarre, parce qu'il était soûl le jour de l'arrivée à Charron. À part des égratignures, ils étaient indemnes, tous les deux.

Quant à Pipke, on s'aperçut, seulement quand on le hissa à bord d'un des canots, qu'il avait une jambe arrachée, et il poussa encore quelques hurlements, la face tournée vers le ciel, avant de se raidir pour toujours.

Les trois autres de la *Jonghe Maria*, qui se trouvaient à l'avant du bateau au moment de l'explosion, avaient été déchirés, émiettés, et on ne retrouva rien de leur corps.

Ainsi était-ce Pipke le premier cadavre que les Ostendais ramenaient à Charron, dans la camionnette qui roulait au ralenti, ce soir-là, par respect pour le mort.

L'auto s'arrêta entre les deux habitations, entre la gendarmerie et la maison Masson, et les femmes, dans l'une et l'autre, comprirent qu'il y avait un nouveau malheur.

On avait reconnu la forme d'un corps, sous la bâche. La grosse Maria fut la première à questionner, d'une fenêtre :

— Qui est-ce ?

Elle avait vu son fils. Elle était rassurée.

— Pipke… répondit Hubert.

Car Omer s'était déjà dirigé vers la cour de la gendarmerie, qu'il traversait à grands pas lents. La porte de l'ancienne écurie était fermée. C'était une porte vitrée, voilée d'un rideau. Une main écartait ce rideau et on apercevait un visage haineux sur lequel, autour des yeux, subsistaient des traces sombres.

Omer essaya d'ouvrir, mais la porte était fermée à clef. Et pendant ce temps-là, la femme, à l'intérieur, lui criait des injures.

Il aurait pu donner un coup d'épaule ; il lui sembla qu'un tel éclat était incompatible avec cette journée de deuil et il revint vers la camionnette, fouilla les poches de la vareuse de Pipke, en retira la clef collée à une blague à tabac détrempée.

Cent personnes, pour le moins, le suivaient des yeux. On accourait de tous les coins du village et lui ne voyait rien, il continuait sa tâche, traversait à nouveau la cour, ouvrait enfin la porte.

— Tais-toi... commandait-il alors d'une voix sans réplique.

À tel point que Flavie, qui ne savait rien encore, s'arrêtait, interdite, en le fixant avec une sorte de respectueux effroi.

Couchée sur son lit, dans sa robe rouge, Mina levait la tête, montrait un visage presque aussi tuméfié par les coups que celui de sa mère. Elle avait encore du sang caillé sous le nez, au coin des lèvres, du sang rouge sombre sur le rouge délavé de la robe. Une chaise cassée traînait par terre.

— Pipke est mort... prononça-t-il.

— Bien fait pour lui !

Flavie avait lancé ça tout à trac et, presque en même temps, elle éclatait en sanglots, puis se précipitait dehors ; et on la voyait, près de la camionnette d'où on déchargeait le corps, manifester sa douleur cependant que Mina rôdait peureusement, toute seule, dans la cour.

C'était le premier Ostendais qu'on enterrait vraiment, avec catafalque, corbillard, pelletées de terre sur le cercueil. Le hasard voulait qu'il s'agît justement de Pipke !

De sorte que c'étaient les deux maudites, la mère et la fille, qui conduisaient le deuil, qui marchaient au premier rang, toutes seules, tandis que les autres et les gens du pays suivaient à distance.

Pour la première fois, on vit Mina autrement qu'en rouge. Une des filles d'Omer lui avait donné une robe noire qu'il avait fallu rajuster pendant la dernière nuit et qui était encore trop large, qui flottait autour de son corps maigre dont chacun, instinctivement, imaginait les souillures.

Les deux femmes avaient eu beau mettre de la poudre, on distinguait toujours les bleus dont les coups avaient marqué leur visage.

Trois ou quatre fois, au cours des quarante-huit heures qui précédaient l'enterrement, la grosse Maria demanda à Omer, avec une persistance qu'elle ne se permettait pas d'habitude :

— Il s'est passé quelque chose ?

Et lui, sans répondre, haussait les épaules.

Tant que Pipke, tant que son corps était là, on s'occupait encore des deux femmes. On leur avait remis des vêtements, de l'argent pour des achats indispensables. Des voisines avaient donné abri aux enfants.

Mais, dès le retour du cimetière, elles se trouvèrent toutes seules, sans personne pour leur adresser la parole.

On plaignait Pipke, mais on ne les plaignait pas. On plaignait aussi les enfants, toujours si sales, si mal tenus, couverts de maux et de croûtes.

N'y en avait-il pas d'autres plus à plaindre et qui méritaient davantage la pitié que Mina et Flavie ?

Avant même de changer de vêtements, en plein midi, alors qu'un chaud soleil de juillet tombait d'aplomb entre les maisons, Omer traversa la rue, sans avoir dit à la grosse Maria ce qu'il allait faire.

Il entra dans la cour, dans les anciennes écuries. Il ne se donna pas la peine de s'asseoir. Il ouvrit son gros portefeuille usé et compta un certain nombre de billets qu'il posa sur le coin d'une table encombrée de vaisselle sale.

— Il faudra que tu partes par le train de mercredi, prononça-t-il en regardant Flavie bien en face. Tu as compris ? Je m'arrangerai pour qu'on vienne chercher tes affaires.

Elle lui lança un mauvais regard en dessous. Il y eut sur ses lèvres minces comme l'esquisse d'un sourire. Elle ne put pas se retenir de murmurer :

— Je sais bien pourquoi, va !

Il préféra faire comme s'il n'avait pas entendu. Tourné vers un autre coin de la pièce, il murmura encore, par acquit de conscience :

— Adieu, Mina...

Les gens du pays croyaient que les Ostendais ne prendraient plus la mer. Certains prétendaient qu'ils allaient quitter le pays, rentrer chez eux, qu'ils faisaient déjà leurs bagages.

Parce qu'on avait vu Omer transporter à La Rochelle, à bord de sa camionnette, les affaires de Flavie et de ses enfants.

Mais il ne transporta ni Mina ni sa mère et les deux femmes durent attendre l'autobus, à huit heures du matin, à la croisée des chemins, avec les trois gosses qu'elles n'avaient pas seulement eu le courage d'habiller décemment pour la circonstance.

Elles étaient seules à attendre le car. On les observait de loin. Elles se tenaient debout en plein soleil, avec des paquets qu'on fait toujours à la dernière minute et qui les encombraient.

Un peu avant l'heure de l'arrivée du car, un sous-officier allemand, qu'on avait aperçu avec Mina, s'approcha gauchement d'elles, leur parla, et on les regardait toujours.

Ce fut lui qui les aida à monter dans la voiture, qui leur tendit le plus jeune des enfants, puis les colis, et il paraissait gêné, plus gêné encore quand il dut traverser ensuite le village avec tous les regards fixés sur lui.

Les Flamands, sans rien dire, reprenaient la mer. Omer ne les avait pas réunis, n'avait demandé conseil à personne. Il ne s'était même pas donné la peine de leur expliquer ses intentions.

— Demain, à la marée, s'était-il contenté d'annoncer.

La grosse Maria était de plus en plus inquiète. Depuis toujours, elle s'était tenue à son côté, un peu en arrière, parce qu'une femme ne doit jamais jouer les égales, ce qui n'empêchait pas Omer de se tourner vers elle chaque fois qu'il devait prendre une décision ; et il n'y avait pas besoin de longues phrases entre eux, la plupart du temps un regard suffisait pour sceller leur accord.

Il lui semblait maintenant que son mari la fuyait. Il évitait de rester en tête à tête avec elle. Quand il montait se rhabiller après la pêche, il faisait exprès de laisser la porte ouverte, afin qu'elle ne puisse pas lui parler de choses que les autres ne devaient pas entendre.

— Il y en a qui ne sont pas contents, en face, lui avait-elle dit. Ce sont les femmes qui leur montent la tête...

Pourquoi obligeait-on les hommes à se faire tuer alors qu'on pouvait toucher des allocations et en vivre ? Qu'est-ce qu'Omer avait dans la tête, à vouloir coûte que coûte sortir ses bateaux ? Est-ce qu'il attendait que ceux-ci soient tous par le fond, qu'il n'y ait plus que des veuves et des orphelins parmi les Ostendais de Charron ?

Il y eut encore, deux jours après le départ de Flavie et de ses enfants, l'histoire du capitaine allemand. Les hommes étaient en mer quand il vint sonner à la maison Masson, à dix heures du matin, de sorte que Maria eut juste le temps de retirer son tablier et de relever ses cheveux avant de lui ouvrir.

— Votre mari n'est pas ici ?

— Il est à la mer.

— Savez-vous quand il doit rentrer ?

— Sans doute cette nuit... Attendez... La marée est haute vers deux heures du matin... Il y a des chances qu'ils soient ici à cinq heures... Le temps de débarquer le poisson...

— Voulez-vous lui demander d'avoir l'obligeance de venir me parler à la mairie ?

Elle en trembla. Elle en parla à ses filles, qui avaient entendu. Le capitaine était un nouveau, qu'on connaissait à peine et qui, contrairement à ceux qui l'avaient précédé, se mêlait aussi peu que possible à la population. C'était lui qui, pour être plus près de son bureau et de ses hommes, à la mairie, n'avait pas hésité à occuper la chambre de Mlle Delaroche et celle-ci était maintenant obligée de coucher dans le cagibi servant de bureau pendant la journée.

— C'est la guerre, mademoiselle ! lui avait-il répondu froidement, dans un français presque sans accent. Nous ne sommes pas ici pour faire de la galanterie, mais pour faire la guerre. À l'heure qu'il est, ma sœur est peut-être tuée par les bombes anglaises...

La grosse Maria était déjà levée quand les hommes rentrèrent.

— Écoute, Omer... Le capitaine est venu... Il veut te parler... Je me demande...

Pourquoi ne lui disait-il toujours rien ? N'était-elle donc plus sa femme ?

— Tu vas te coucher ?

Il faisait signe que oui, se couchait, dormait jusqu'à onze heures sans se préoccuper de l'ordre du capitaine. Pendant qu'elle l'aidait à s'habiller, il restait soucieux, mais silencieux.

— Tu ne penses pas que nous ferions mieux de rentrer à Ostende ?... Peut-être que notre maison n'est pas détruite... Nous avons des économies...

Elle reçut un regard dur et lourd.

— Vois-tu, Omer...

Elle avait envie de pleurer. Omer n'était plus le même. C'était sans doute la fatigue ? Elle l'excusait. Elle ne lui en voulait pas. Elle avait envie de le plaindre.

Il avait tant travaillé, toute sa vie, sans jamais s'accorder la moindre distraction !

Et, dès le début de la guerre, il avait eu l'air de prévoir des choses que les autres ne soupçonnaient pas, maintenant encore il était plus sombre que les gens du village, par exemple, qui avaient repris leur existence ordinaire et qu'on entendait discuter le soir autour des tables du *Café de la Cloche.*

— Pourquoi crois-tu qu'il veuille te voir ?

Il y alla, resta près d'une heure en tête à tête avec le capitaine. Comme la fenêtre était ouverte et qu'elle donnait sur la route, des gens qui les avaient observés prétendirent qu'il était arrivé aux deux hommes d'éclater de rire et le propos, répété chez Agat, parvint jusqu'aux oreilles de la grosse Maria.

— Qu'est-ce qu'il te voulait ?

— Rien... Ne t'inquiète pas... Tout va bien...

— Qu'est-ce qui va bien ? insistait-elle.

Il se contentait de hausser les épaules.

— Tu avais parlé à Pipke, n'est-ce pas ?

Elle l'observait, soupçonneuse, comme on observe un enfant menteur ou un homme malade. Pourquoi, alors qu'elle lui avait parlé à plusieurs reprises de Flavie, avait-il fait semblant de ne pas entendre ou de ne pas s'en soucier ? Pourquoi ne pas lui répondre franchement qu'il comptait en parler personnellement à Pipke ?

Les événements prouvaient qu'il en avait parlé.

— Qu'est-ce que ça peut te faire ?... Donne-moi mes chaussettes, tiens...

— De quoi le capitaine t'a-t-il entretenu ?

— De différentes choses, de la pêche...

Elle avait envie de lui lancer :

— Tu mens, Omer...

Elle n'osait pas encore. Il lui faisait un peu pitié. Ce n'était vraiment plus l'homme que tous les Ostendais connaissaient. Par exemple, il aimait, jadis, jouer avec les enfants. Il les prenait sur les genoux. Il en avait parfois trois ou quatre accrochés à son grand corps et maintenant, quand ils s'approchaient de lui, il les soulevait, leur donnait un baiser sur la joue et les reposait par terre.

Les fils, eux aussi, étaient inquiets. Et, ce qu'il y avait de plus étrange, c'est que personne n'osait confier son inquiétude aux autres et que chacun se morfondait dans son coin.

En face, c'était déjà de la méfiance, sinon de l'hostilité, surtout dans le clan des femmes.

— Un jour ou l'autre, ils te lâcheront...

Il répondait méchamment, comme une menace :

— Qu'ils me lâchent !

Cet après-midi-là, il passa son temps, aidé de ses fils, à installer une bâche sur la camionnette. Quatre ou cinq fois, il alla à la forge voisine, pour forger les arceaux. Louis, l'apprenti, le regardait d'un air de défi, faisait exprès de le bousculer en passant, et pas une seule fois Omer ne réagit.

Est-ce que le même Louis, penché sur le pied d'un cheval, ne prononça pas à certain moment les mots :

— Bande de Boches...

Hubert, le fils aîné, crut distinguer ces mots et fit un pas en avant, mais Omer, qui était plus près que lui de l'apprenti, resta calme et parut faire exprès de se mettre entre eux.

On reprenait la mer, toujours et sans répit. Les chalutiers de La Rochelle sortaient un jour ou deux par semaine. On leur distribuait le mazout avec parcimonie. Les équipages étaient difficiles à trouver, à cause des risques, et on offrait aux hommes des prix invraisemblables pour les décider.

— Parbleu ! disait-on dans les cafés. Ce sont les Boches qui paient !

Un autre bateau avait sauté sur une mine, un chalutier du pays, et il y avait eu onze morts, car c'était un grand bateau à vapeur. Des pêcheurs avaient été mitraillés au large par un avion que les uns disaient anglais et que les autres affirmaient être un avion allemand camouflé.

Pourquoi Omer ne parlait-il jamais de tout cela ? Pourquoi fut-il cinq jours entiers à se replier sur lui-même, buté ou grognon, avant de laisser la grosse Maria refermer la porte de la chambre ?

— Lis ça... lui dit-il alors en lui tendant une lettre écrite au crayon.

Le papier était rugueux. C'était celui qu'on vendait chez Agat, en pochettes de cinq feuilles et de cinq enveloppes. La lettre était rédigée en flamand, avec des fautes, des mots raturés, et il y avait une tache de graisse au bas comme si le papier avait été posé sur une table de cuisine mal essuyée.

Omer Petermans se moque de vous et vous jouera de mauvais tours. Je sais ce que je dis. Ouvrez l'œil. C'est un traître. Sa femme et ses filles sont encore plus mauvaises que lui et, si vous ne les arrêtez pas, vous risquez de vous en repentir.

— Flavie ?

Elle savait. Elle avait compris.

Il se contenta de baisser la tête en signe d'assentiment.

— C'est pour ça que le capitaine est venu te chercher ?

Toujours le même signe.

Et alors, dans la chambre où il se tenait debout, à moitié déshabillé, parmi les meubles, près du lit qui était le lit de leur mariage, il sentit chez la grosse Maria comme un flottement. Elle commença, hésitante :

— Dis-moi, Omer...

Il y avait de l'angoisse dans ses yeux. Elle était

192

prête à tout comprendre, peut-être à tout excuser, comme on excuse tout d'un malade.

— Qu'est-ce que...

La grosse Maria avait la larme facile mais, cette fois, elle ne pleura pas. Seulement, ses seins énormes palpitaient dans son corset qu'elle aurait voulu dégrafer, parce que tout cela était trop fort pour elle, parce qu'elle finissait par étouffer.

Elle ne comprenait plus. Elle ne savait plus où elle allait, où on allait. Elle n'osait plus, chez Agat, regarder les gens en face, car elle-même n'avait plus tout à fait confiance.

Omer passa tranquillement son pantalon de drap bleu dont les bretelles, attachées seulement par-derrière, pendaient sur ses mollets. Il alla ouvrir la porte. Il ouvrit ensuite les trois portes qui donnaient sur le palier et s'assura que les autres chambres étaient vides.

S'ils avaient fermé les fenêtres, par surcroît, les autres, en bas, se seraient douté de quelque chose, surtout qu'Emma, dans le jardin, juste en dessous de la fenêtre, était en train d'écosser des petits pois en compagnie de deux fillettes, dont une de la gendarmerie. On entendait de temps en temps, à intervalles égaux, les pois qui tombaient dans le seau émaillé. Emma racontait une histoire de fées qu'elle entrecoupait de silences, parce qu'elle ne se souvenait plus.

Alors, Omer s'assit au bord du lit dans lequel étaient nés leurs enfants, fit signe à la grosse Maria de s'asseoir à côté de lui.

Il parla à mi-voix, sur un ton aussi neutre que

possible, lentement, posément, en homme qui a décidé depuis longtemps de faire telle chose et dont l'heure est enfin venue.

Cette conversation aussi, il l'avait décidée, mais Maria avait eu le tort de ne pas comprendre qu'il lui était impossible de parler plus tôt. Et elle s'en voulait maintenant à elle-même d'avoir alarmé ses filles. Elle se demandait par quelle aberration elle avait pu envisager la possibilité de faire venir un docteur, sans rien dire à Omer, en prétendant, par exemple, que c'était pour un des enfants. Un docteur qui l'aurait observé et qui serait revenu ensuite, en son absence, pour dire la vérité à sa femme !

C'était la première fois depuis longtemps qu'ils restaient ensemble pendant des heures et, d'en bas, on entendait le murmure de leurs voix, de la voix d'Omer surtout, si monotone qu'il avait l'air de réciter des prières.

De temps en temps, Maria l'interrompait d'une phrase, d'un mot, et il reprenait le fil de son discours.

Les autres, au rez-de-chaussée, levaient parfois la tête vers le plafond. Ils n'osaient pas échanger de commentaires, car on les avait accoutumés au respect, et ils se contentaient de se regarder avec inquiétude.

Le dîner était servi. Est-ce qu'on allait les déranger ? On hésitait à se mettre à table. Après un quart d'heure, on décida de faire manger les plus petits, qui devenaient turbulents.

Puis enfin ils descendirent, Omer d'abord, qui

alla occuper sa place habituelle, le visage grave et serein. Il essaya même de plaisanter et remarqua, en fixant le plafond à son tour :

— Il me semble que maman est en retard...

Avait-elle vraiment pleuré ? Quand elle descendit, elle souriait, mais certains trouvèrent qu'elle avait les yeux un peu rouges. Pourtant, malgré elle, et en dépit de l'effort qu'elle faisait pour se montrer naturelle, elle avait parfois pour Omer des coups d'œil confiants, satisfaits, presque des coups d'œil de jeunes mariés après leur nuit de noces.

9

Ils étaient convenus qu'Omer s'occuperait des hommes pendant que la grosse Maria se chargerait des femmes. Quant à la façon dont chacun s'y prendrait, il n'en fut pas question entre eux, on pourrait presque dire qu'il ne fut jamais plus question de rien, ce qui était bien dans le caractère d'Omer. Lorsqu'une chose était décidée, elle l'était une fois pour toutes, et on n'en parlait plus.

À Maria de tirer son plan, et il ne lui demandait pas où elle en était.

Maria ne les mettait au courant qu'une à une, même les femmes de la maison, même ses filles, et seulement au fur et à mesure que c'était nécessaire, qu'il se passait autour d'elles des choses qu'il était impossible de ne pas remarquer.

Tour à tour, Emma, Bietje, puis les belles-sœurs, puis la jeune Maria la dernière — qui restait comme hébétée depuis la mort de son mari et qui jouait mélancoliquement à la poupée avec son bébé —, tour à tour elles passaient dans ce qu'à Ostende déjà on appelait « la » chambre, celle des parents, où personne n'aurait osé pénétrer sans permission.

Pendant un temps plus ou moins long, on entendait des chuchotements, comme à confesse, et celles qui étaient déjà dans le secret faisaient semblant de ne pas comprendre, les autres, qui attendaient leur tour, qui se doutaient bien qu'il viendrait un jour, évitaient de poser des questions.

Quand des pas retentissaient enfin au-dessus des têtes, quand la porte s'ouvrait, quand la nouvelle initiée descendait en prenant un air faussement naturel, on savait d'avance qu'elle aurait sur le visage un rayonnement nouveau, tempéré par la gravité.

C'était dans leur comportement avec Omer que le changement était le plus sensible. On aurait pu dire, jour par jour, qui était dans le secret, rien qu'à leur façon de regarder le chef de famille et de lui parler, de l'entourer de petits soins et d'attentions.

Est-ce qu'il s'en apercevait ? Il était toujours aussi taciturne et aussi sombre, à part de brefs moments de détente pendant lesquels on le surprenait à rire avec les petits. Uniquement avec les petits. Il évitait les autres. Il évitait tout ce qui pouvait ressembler à une conversation suivie.

Cela ne gênait plus les filles, à présent qu'elles savaient quel poids il portait sur ses larges épaules. S'il y avait encore une certaine contrainte dans la maison, c'était une contrainte acceptée, comme, par exemple, quand on prend l'habitude de marcher à pas feutrés et de parler à mi-voix dans une maison où il y a un malade.

Ce qu'il y eut de plus étonnant, c'est que les femmes ne parlèrent jamais de rien entre elles. Même pas le soir où, au lieu des couverts en argent dont on était si fiers, on mit à table des couverts en aluminium achetés la veille chez Agat.

Il y avait presque chaque jour des objets qui disparaissaient, les portraits avec leurs cadres, les bibelots qui faisaient pour ainsi dire partie de la famille.

Pour la jeune Maria, par exemple, ce furent les draps qui hâtèrent son initiation. Il y avait une armoire vaste et profonde, sur le palier, dont la grosse Maria avait toujours la clef dans sa poche et qu'elle aimait ranger pendant des heures. Un matin, elle était dans son armoire, comme on disait, quand sa fille sortit de sa chambre.

— Tu me donneras une paire de draps, maman...

Et elle avait vu. Elle demeurait interdite. L'armoire qui, quelques jours plus tôt encore, était pleine à craquer, montrait des planches presque vides.

— Viens un instant chez moi, ma fille.

Où en était Omer avec les hommes ? C'était difficile à dire, les fils, en tout cas, devaient être au courant, puisque c'étaient eux qui, la nuit, transportaient les caisses dans la camionnette. Cela se passait dans la cour. Même si les voisins les avaient aperçus, ils n'y auraient pas vu malice, puisque c'étaient les caisses qui servaient à transporter le poisson, et nul ne pouvait deviner qu'elles ne repartaient pas vides.

Cependant les hommes mariés ne parlaient de rien à leurs femmes ou bien, si l'un ou l'autre le fit, ce fut au plus secret de la couche conjugale.

Pietje était peut-être plus bruyant qu'à l'ordinaire. Quand il faisait beau, le soir, il s'installait volontiers, à califourchon sur une chaise, près de la porte de la gendarmerie, et il jouait de l'harmonica, il en jouait avec une curieuse allégresse, faisant le clown, inventant des variations ironiques, surtout quand des Allemands passaient et le regardaient.

C'était pour eux qu'il avait l'air d'exécuter son numéro, gonflant et dégonflant les joues, roulant les yeux dans leurs orbites, louchant, tirant des sons inattendus de l'instrument, et il paraissait s'amuser tellement, il y avait tant d'ironie joyeuse dans son regard qu'une ou deux fois Maria, qui l'observait d'en face, craignit que les « doryphores » ne s'aperçoivent de quelque chose.

Car c'était le nom que les paysans avaient fini par donner aux gens en uniforme gris qui s'étaient abattus sur leur pays.

Et il y avait souvent, le soir, à la maison Masson, un doryphore plus important et plus gros que les autres. Les troupes avaient encore changé. Le nouveau chef était un capitaine qui répétait à tout venant qu'il n'était pas allemand, mais viennois. Il était gras et blond, haut en couleur. Il avait la cordialité facile, surtout quand il était entre deux vins. Or, il était presque toujours entre deux vins, car il commençait dès le matin à prendre de grands coups de blanc.

Un jour qu'Omer, rentrant de la pêche, était allé porter son poisson à Mlle Delaroche, le capitaine était là, un cigare au bec, et il s'était penché sur les soles et les merlus.

— J'aime beaucoup les soles, moi aussi, avait-il dit avec un clin d'œil entendu.

Puis il avait tendu au Flamand un gros cigare qu'il avait tiré de sa poche.

Omer l'avait pris. Il ne l'avait pas fumé, mais il l'avait pris. Et, le surlendemain, il avait porté une paire de belles soles au capitaine qui l'avait emmené à *La Cloche* pour boire une bouteille. Sur le chemin du retour, les deux hommes avaient l'air de vieux amis et, de temps en temps, l'Allemand posait la main sur l'épaule de l'Ostendais.

Il vint sonner à la maison Masson, le lendemain, sous prétexte de remercier et d'apporter du chocolat pour les enfants. La grosse Maria devint un peu pâle quand elle vit l'homme en uniforme sur son seuil, puis dans le corridor, et enfin installé dans le meilleur fauteuil de la salle à manger, mais elle lui fit bonne figure.

Il prit l'habitude de venir ainsi leur dire bonjour. Et bientôt il se mit à l'aise, déboutonna sa tunique, fumant cigare sur cigare, appelant les enfants par leur prénom et les hissant sur ses genoux.

Le genièvre qu'on lui avait servi le premier jour et qu'on prit l'habitude de lui servir à chacune de ses visites y était peut-être pour quelque chose ? Il l'attendait, suivait les mouvements de Maria ou d'une des filles se dirigeant vers le buffet et prenant le plateau avec les petits verres à bord doré.

Il aimait bien les filles aussi, surtout Bietje, qu'un soir il voulut à toute force aider à écosser des petits pois.

Mais c'était surtout l'atmosphère de la maison qui lui plaisait, les grandes pièces qui sentaient le propre, avec des reflets sur les meubles bien cirés, le va-et-vient familier des femmes et des enfants, le poêle qu'on rechargeait, cette vie d'une grande famille, cette fraîcheur aussi des femmes, y compris de la grosse Maria, toujours tirées à quatre épingles.

Sans souci d'être compris, il racontait des histoires à l'oncle Claes et il lui arriva plusieurs fois de lui bourrer sa pipe.

— Attendez que je vous l'allume, grand-papa...

Il avait toujours les poches pleines de bonbons, de chocolats, mais il ignorait que, dès son départ, on les reprenait aux enfants qui avaient l'ordre de ne rien dire et qui ne se trahirent jamais.

Où l'on eut peur, c'est quand, un soir, il déclara avec l'air de plaisanter :

— Je me demande si je ne vais pas vous demander de me prendre en pension chez vous. C'est tellement triste d'être tout seul !

— Malheureusement, nous sommes déjà trop serrés à table, eut la présence d'esprit de riposter la grosse Maria sur le même ton.

Comprit-il qu'il était allé trop loin ? Il n'en parla plus, mais il était évident qu'il y pensait toujours. Il aurait eu le droit, s'il l'avait voulu, de réquisitionner une des chambres. Comment s'y serait-on pris, dans ce cas-là ?

Déjà, certains soirs, il fallait attendre qu'il se décide à s'en aller pour transporter les caisses dans la camionnette. Omer, cependant, ne s'impatientait pas. Ils avaient chacun leur fauteuil, l'Allemand et lui. Et Omer avait fini, parce qu'il le fallait bien, par fumer les gros cigares que l'Allemand lui tendait.

C'est ce qui frappait le plus Maria, ce qui lui resta, en somme, comme l'image la plus frappante de l'héroïsme de son mari : Omer fumant un cigare dans son fauteuil et écoutant les histoires du capitaine, hochant la tête, allant parfois jusqu'à rire d'un rire qui pouvait paraître naturel.

L'initiation gagna la maison d'en face, en commençant par ce qu'on appelait les « gens du devant ». On vit des femmes traverser plus souvent la rue, toujours chargées de paquets. Au lieu de sonner, elles toquaient à la boîte aux lettres.

— Ta mère est là ? demandaient-elles à celle des filles qui leur ouvrait la porte.

Comme si les filles n'avaient pas été au courant. Elles montaient. C'était dans « la chambre » qu'on s'occupait de ranger les objets dans les caisses, tout ce que les uns et les autres avaient de précieux, les souvenirs, les portraits de famille, des bibelots qui n'avaient peut-être qu'une valeur sentimentale mais auxquels on tenait.

Il dut y avoir quand même un certain changement dans l'attitude des femmes, quand elles allaient faire leur marché chez Agat, par exemple, car certains murmurèrent derrière leur dos :

— Les gens d'Ostende sont bien fiers depuis

que le capitaine boche est toujours fourré chez eux !...

De sorte que le capitaine lui-même servait en définitive à quelque chose ! À La Pallice aussi, Omer était bien vu par les Allemands et, dès qu'on entendait le klaxon de sa camionnette, les sentinelles se précipitaient pour ouvrir le passage dans les barbelés et lui lançaient un bonjour familier.

Les derniers temps, on le vit davantage dans le *Café de la Grosse Horloge* où les joueurs de cartes ne se retournaient plus quand il s'attablait avec des officiers ou des sous-officiers.

C'était encore Seppe, le rouquin qui avait déjà fait des siennes le premier jour, qui lui donnait le plus de souci, car plusieurs fois il faillit se bagarrer avec des pêcheurs rochelais qui, par exemple, quand ils passaient près des Flamands, lançaient avec affectation un long jet de salive par terre.

Seppe balançait ses gros poings, rentrait son cou de taureau dans ses épaules ; il fallait que quelqu'un lui mît la main sur l'épaule, comme on calme un chien hargneux :

— Tranquille, Seppe...

Et, une fois qu'Hubert le regardait à un de ces moments-là, il eut la stupeur de découvrir des larmes de rage dans les yeux du matelot que sa mère elle-même n'avait sans doute jamais vu pleurer.

L'événement approchait et l'initiation s'était étendue aux gens de la cour, maintenant que Mina et sa mère n'étaient plus là pour trahir. Plusieurs fois, on vit la grosse Maria traverser la rue en personne et entrer chez les uns et chez les autres, car sa tâche était la plus délicate, plus délicate que celle d'Omer, les femmes étant plus compliquées et tenant davantage que les hommes à leurs affaires.

— Mais non, Lucile... Tu as droit au même nombre de caisses que les autres... Si tu emportes ça, il n'y aura plus de place pour le reste... Ainsi, moi...

Certaines pleuraient, comme on pleure, par exemple, quand l'huissier vient mettre vos meubles et vos affaires les plus intimes sur le trottoir, sous les yeux de tous les passants, pour une vente à l'encan.

Omer demeurait sombre, surtout quand il avait l'impression qu'on ne le regardait pas. Il prenait la mer aussi souvent que possible, certaines fois par très gros temps, et il devait avoir ses raisons. Lorsqu'il rentrait, il s'asseyait dans son fauteuil et, si le capitaine n'était pas là, il pouvait rester des heures sans parler, comme absent, comme sans savoir ce qui se passait autour de lui.

Est-ce qu'on n'avait pas déjà un peu moins de menues attentions à son égard ? Tout le monde aurait affirmé que non, mais lui le sentait confusément. Il ne fallait plus trop tarder. Chacun recommençait à s'inquiéter de ses petites affaires, à s'inquiéter de l'avenir. La jeune Maria éclatait en sanglots au moment où on s'y attendait le moins, en pensant à Louis, et plusieurs fois elle dut quitter la table au beau milieu du repas.

Il y avait surtout la question de ce qu'il faudrait

laisser derrière soi, de ce qui serait perdu à tout jamais, de ces choses qu'on avait mis tant d'années à acquérir. Même la grosse Maria soupirait parfois devant un meuble, devant un objet trop volumineux pour être emporté.

— Tu crois, Omer, qu'on ne pourrait pas...

Et une des femmes de la cour semait la révolte. Pas la révolte ouverte, mais une révolte sourde.

— Est-ce qu'on sait ce qu'ils vont emporter, eux ?... Et même ! Ils ont assez d'argent pour racheter tout ce dont ils auront besoin, en plus beau, en plus neuf, tandis que les pauvres gens comme nous...

Puis encore la question des salaires. À cause des risques, à cause des bateaux qui se perdaient presque chaque semaine, les armateurs en arrivaient à payer les équipages n'importe quel prix pour les décider à prendre la mer. Pourquoi Omer ne payait-il pas ses hommes autant que les patrons du pays ?

Il annonça enfin la date, un soir, dans la chambre, à la grosse Maria, qui en fut si émue qu'elle pleura nerveusement.

— Pardonne-moi, Omer... Ce n'est pas que je doute, mais...

Mais... Oui, il savait... Mais tout... Mais la maison... Mais leurs meubles... Mais le grand lit de leur mariage... Mais le fils qu'ils avaient perdu ici...

— Tu ne leur diras le jour et l'heure qu'au dernier moment... Qu'ils se tiennent prêts dès maintenant... Ils n'ont rien besoin de savoir d'autre...

De sorte qu'on vivait comme en suspens entre deux mondes, qu'on regardait déjà le village et ses aspects familiers comme on feuillette un album de cartes postales. Il arrivait que, sans raison, les mères saisissent leurs enfants pour les embrasser éperdument, les yeux humides.

Il ne restait plus que trois jours. Omer ne demandait que trois jours de mansuétude au destin, et il fallut qu'en un si court laps de temps la catastrophe s'abattît une fois de plus sur lui et sur les siens.

La mer devint mauvaise, un après-midi qu'ils étaient dehors avec les bateaux. Le ciel était bouché. Les chalutiers se perdirent de vue, chacun cherchant son meilleur cap, et quand les deux premiers rentrèrent au port, ils attendirent en vain le troisième.

C'était le *Twee Gebroeders*, le premier bateau acheté par Omer lui-même, du vivant de son frère, alors qu'ils étaient tous les deux patrons à bord.

Son frère Léopold était mort. Bêtement. Une nuit qu'il rentrait à son bord et qu'il avait peut-être un peu bu, il avait glissé, dans le brouillard, sur la planche qui reliait le chalutier au quai. Léopold buvait souvent un peu trop. C'était son seul défaut. Parce qu'il aimait la compagnie et qu'un verre après l'autre, en bavardant entre amis...

Personne ne l'avait entendu tomber à l'eau et on l'avait repêché le lendemain dans le bassin.

Debout sur le pont de l'*Onkel Claes*, Omer tirait sans cesse de sa poche sa grosse montre en argent, qui datait, elle aussi, du temps de Léopold, qui avait même appartenu à Léopold. Puis, les mâchoires dures, si serrées qu'il brisa le tuyau de sa pipe, il interrogeait l'horizon du bout de ses jumelles.

Ce fut un officier allemand qui vint lui annoncer qu'un bateau, une fois encore, avait sauté sur une mine, dans la passe de Chassiron. On ne savait pas encore lequel. Il en restait plusieurs de La Rochelle à rentrer, et, là-bas aussi, sur le quai les armateurs attendaient des détails.

Sans prendre la peine de débarquer le poisson, Omer mit le cap sur la passe, bien que la nuit tombât, et ils labourèrent la mer pendant des heures, ce ne fut qu'au petit matin qu'ils retrouvèrent à la dérive un canot portant les mots *Twee Gebroeders*.

Il n'y eut pas une parole prononcée à bord. Ni ensuite dans la camionnette. Le *Twee Gebroeders*, c'était Hubert qui le commandait. Il y avait Pietje à bord, Pietje qui emportait toujours son harmonica, et le rouquin qui buvait parfois un coup de trop.

Dans le corridor, Omer, toujours muet, écarta les femmes, puis il monta dans sa chambre où la grosse Maria le suivit.

Elle avait compris en ne voyant pas son fils descendre de la camionnette. Mais le spectacle du père était si tragique que c'était à celui-ci et non à son fils qu'elle pensait.

On aurait dit qu'Omer avait peur. Peur d'elle. Peur des autres veuves. Peur d'une fatalité qui se dressait aussi obstinément contre lui.

Et pourtant, Seigneur, n'avait-il pas fait tout ce qui était en son pouvoir ?

Il ne s'était pas étendu sur son lit, comme les autres fois. On prétend que les bêtes qui se sentent mourir ne se couchent pas, par crainte de ne jamais se relever, et qu'elles ne s'abattent qu'à la dernière seconde.

Est-ce pour cela qu'il s'assit sur une chaise qui craquait sous son poids et qu'il restait là, le menton sur les poings, à regarder devant lui ?

Il n'était que onze heures du soir et la nouvelle faisait le tour du village. Le capitaine allemand se rhabilla pour venir présenter ses condoléances et il y en eut d'autres, des gens plus réservés. Et on devinait au fond de leur réserve la question qui était sur toutes les lèvres :

— Qu'est-ce qui les obligeait à y aller ?

Il ne leur restait qu'un fils sur trois, Jan, le plus jeune, qui avait vingt ans et qui se tenait dans l'ombre, comme honteux d'être encore là. On n'avait même plus de photographie d'Hubert à regarder, car toutes les photos étaient à bord, les murs étaient nus, sauf quelques chromos appartenant à Mme Masson.

Des femmes chuchotaient déjà, dans l'autre maison :

— On ne partira pas...

Et peut-être certaines en étaient-elles soulagées ? La fièvre était tombée. Les hommes eux-mêmes ne savaient plus trop bien où ils en étaient et évitaient de se regarder en face.

Ce fut cette nuit-là que le grand Omer prit sa

femme dans ses bras et que, d'une voix qu'elle ne lui connaissait pas, il lui dit le mot le plus bouleversant qu'elle eût entendu de lui de sa vie :

— Pardon, Maria...

Pardon de quoi, il ne le précisait pas, il ne le précisa jamais.

Puis, comme il se dirigeait déjà vers la porte de son pas lourd, avec ses bottes de mer qu'il n'avait pas retirées :

— Où vas-tu ?

— Parler aux hommes...

— On part quand même ?

Ainsi, elle aussi en était arrivée à douter. Elle comprit sa faute, balbutia à son tour :

— Pardon...

Et Omer leur parla. Il ne leur dit que quelques mots, sans leur donner d'explications. Il distribuait ses ordres, sèchement, le regard ailleurs.

Il ne fallait même pas leur laisser la journée du lendemain pour penser, car alors tout aurait été fini. Sous prétexte de rechercher les épaves, il les emmenait en mer, dès le matin, sur les deux bateaux qui restaient.

Le curé, ce matin-là, vint rendre visite à la grosse Maria. Il lui parla de la messe des morts et proposa de la célébrer le lendemain, avec un catafalque vide au milieu de l'église, puisqu'on n'avait toujours pas les corps.

Elle dit oui, mais elle savait déjà. Elle entendit sonner le glas. Puis il y eut, à tous les carrefours du village, le tambour d'Agat qui priait les habitants de Charron à la cérémonie du lendemain.

On ne pouvait plus se détendre. Il ne fallait à aucun prix se laisser aller, fût-ce pendant quelques minutes, car on sentait bien qu'on n'aurait plus le courage, après, de faire ce qui restait à faire.

Et Maria, ce jour-là, traversa cent fois la rue. On la respectait malgré tout, même celles qui étaient aigries contre elle, parce qu'elle était en définitive la plus éprouvée. Est-ce qu'elle n'avait pas perdu deux fils et un gendre ?

Elle ne pleurait pas. Elle parlait avec volubilité, les mains sur le ventre, d'une voix qui manquait d'accent. Elle avait l'œil à tout, se préoccupait des vêtements chauds qu'on mettrait aux enfants, de ce que l'on dirait aux plus grands qui pourraient crier ou s'affoler.

Certains n'y croyaient plus. On continuait les préparatifs, mais sans conviction, avec comme le pressentiment que quelque chose se produirait au dernier moment qui empêcherait le grand départ. Qui sait si on ne le souhaitait pas, s'il n'y en avait pas pour le souhaiter ?

Et les gens du pays parlaient de la messe du lendemain ! Jusqu'à ce deuil qui était en définitive une aide pour les Flamands !

À cause de cela, le capitaine allemand ne vint pas ce soir-là, car il n'était pas l'homme des deuils et il avait déjà fait son devoir en présentant, le premier, ses condoléances.

Il devait estimer que, désormais, il y aurait de la place pour lui dans la maison !

Les hommes revinrent de bonne heure, juste à la tombée de la nuit. Ils apportaient du poisson.

Parce qu'ils étaient des pêcheurs et qu'ils étaient allés en mer, parce qu'il fallait que les choses s'accomplissent comme les autres jours.

Le village, ce soir-là, respectait la douleur des Ostendais et, comme il faisait froid, il y eut peu de monde dehors.

Le plus tragique, un peu avant minuit, fut d'arracher les enfants à la chaleur de leurs lits et de les habiller. Ils ne comprenaient pas. Ils vacillaient, les yeux gonflés de sommeil. Les plus grands se demandaient pourquoi on leur mettait leurs gros vêtements d'hiver qu'ils n'avaient pas vus depuis plusieurs mois.

Le pays était habitué aux allées et venues de la camionnette et n'y prêtait plus attention. Quels soupçons aurait-on pu avoir une nuit pareille, quelques heures avant la messe de Requiem que les filles du pays, groupées autour de Mlle Delaroche, allaient chanter pour les Ostendais défunts ?

Dans les chambres où tout le monde était prêt, on avait éteint les lampes et les femmes étaient assises au bord des lits, avec les enfants dans leurs bras ou serrés contre elles.

On ne se voyait pas. De temps en temps, on entendait des chuchotements. On répétait aux petits :

— N'aie pas peur...

Ou bien :

— Tout à l'heure, nous partirons en voyage...

Omer rôdait de-ci de-là, et un moment la grosse Maria se demanda s'il n'était pas ivre, tant ses gestes étaient lents et lourds.

Il s'en alla avec les hommes sans lui dire au revoir. Il était venu jusqu'à la porte de la chambre — elle l'avait entendu qui respirait derrière le battant et qui hésitait à entrer —, puis, sans toucher au bouton, il était redescendu sur la pointe des pieds.

Quelques minutes plus tard, on entendait le moteur de la camionnette dans la cour, puis sur la route, puis enfin, toujours faiblissant, dans la longue étendue de marais.

Au passage des barbelés, à La Pallice, une sentinelle s'approcha et éclaira de sa lampe électrique le visage d'Omer qui se tenait au volant.

L'Allemand le reconnut, salua, se fondit dans l'ombre. Puis la camionnette refit le trajet en sens inverse et c'était encore Omer qui la conduisait.

Ce fut le plus important changement au programme établi. En principe, ce rôle revenait à Hubert. Hubert mort, Omer était obligé de l'assumer, car les autres ne savaient pas conduire, tout au moins ceux de la famille.

L'auto rentra dans la cour. Des ombres se détachèrent des murs. Omer ne quittait pas son volant. Les femmes et les enfants, c'était la grosse Maria que cela regardait, et il y avait un quart d'heure que tout le monde attendait dans l'obscurité de la cuisine.

On entendit la D.C.A. du côté de La Rochelle et c'était peut-être la fin de tout car, si les bateaux n'avaient pas appareillé avant l'alerte, si le moindre incident les avait retardés, simplement un moteur qui met du temps à partir, ils pouvaient se trouver bloqués pendant deux ou trois heures dans le port.

Les respirations elles-mêmes paraissaient bruyantes.

— Passe-moi le petit...

Ou :

— Là !... Tu es bien ?... Ne bouge plus... Tiens la main de ta petite sœur...

Ils étaient serrés les uns contre les autres, dans la camionnette qui n'était pas faite pour transporter toute une tribu, et au dernier moment une des femmes se mettait à sangloter bruyamment tandis que sa voisine lui enfonçait les ongles dans le bras pour la faire taire.

On avait laissé, exprès, de la lumière au premier étage de la maison Masson. Omer, à son volant, gardait toujours une immobilité de cariatide et enfin la grosse Maria se hissa sur le siège près de lui, se serra pour faire la place à des enfants, en prit deux sur ses genoux.

Tous les cœurs cessèrent de battre au moment où le moteur commença à tourner. Un virage, une poterne de pierre et c'était la route, non plus vers La Pallice, mais en sens inverse, vers le fond de la baie de l'Aiguillon. Il y avait une sentinelle en face de la mairie, mais elle ne broncha pas. Le Pont-du-Brault n'était pas gardé et la voiture roulait toujours entre les terres plates, sillonnées de canaux, avec la mer parfois visible sur la gauche.

On passa devant des maisons basses sans aucune lumière. On traversa un hameau, puis un gros village, Champagné-les-Marais où, par miracle, ou parce que c'était trop loin de tout centre, les « doryphores » ne s'étaient pas encore installés. On aperçut une église massive entourée d'arbres, et un instant les phares de la camionnette éclairèrent les tombes du cimetière.

La grosse Maria priait. Ses lèvres, depuis le départ de Charron, remuaient au rythme des *Ave* qu'elle récitait dans une sorte d'hébétude.

On tourna à gauche, par un chemin de terre, et on passa entre deux fermes où des animaux remuaient dans les étables.

Cinq cents mètres encore. Et c'était la mer, le fond de la baie, avec un passage réservé pour les barques entre les pieux noirs des bouchots.

La canonnade s'était tue à La Pallice. Peut-être les avions étaient-ils repartis ? Peut-être n'y avait-il eu, comme cela arrivait, que de la nervosité parmi les desservants de la D.C.A. ?

La marée était haute, avec sa respiration régulière, son léger ressac sur les galets de la côte.

Il ne restait qu'à attendre. Et alors on vit Omer quitter son siège, faire quelques pas sur le chemin en pente, non pour scruter l'obscurité, mais pour se planter, là, parmi les ajoncs, à trois mètres à peine des femmes serrées les unes contre les autres, et pour se soulager en pissant comme si cela ne devait plus en finir.

10

Les femmes l'imitèrent tour à tour, prenant à peine la précaution de s'éloigner dans l'obscurité, sauf Bietje qui alla se cacher si loin qu'un moment on se demanda si elle était perdue, et des rires crispés fusèrent à certains bruits révélateurs. Car la tension nerveuse était si forte qu'on avait besoin de rire. On en oubliait la prudence, on aurait fini par parler à voix haute.

Les deux bateaux étaient là, quelque part, dans la grande tache noire qui s'étendait au-delà de la tache plus claire des bouchots proches.

Il fallait accomplir plusieurs voyages, trois au moins, et Omer fit entasser tous les enfants, avec quelques mères, dans le premier canot.

Il resta à terre le dernier, et la grosse Maria se tenait auprès de lui, évitant de lui adresser la parole, car elle savait qu'il n'aimerait pas ça.

Dans les maisons basses, sur le continent, les gens dormaient et les bêtes s'agitaient parfois dans les écuries et les étables cependant que les avirons poussaient lentement le canot vers les deux formes noires qui dérivaient en attendant, par crainte du vacarme que déclencherait la chute des ancres.

Est-ce que les hommes n'avaient pas rencontré, au large de Lisbonne, un cargo à peine plus grand que leurs chalutiers qui emmenait vers l'Amérique des foules entassées sur le pont ?

Il ne fallait pas de drame. Il ne fallait pas qu'on sente le drame et Omer avait fait tout son possible pour cela. Il avait toujours fait, toute sa vie, tout le possible, tout ce qu'un homme comme lui pouvait faire, et il y eut enfin le moment où il pénétra, en courbant les épaules comme il en avait l'habitude, dans la cage vitrée qui entourait le gouvernail de l'*Onkel Claes*.

Est-ce que les gens, lorsqu'ils apprendraient le départ des Ostendais, se figureraient un seul moment qu'on n'avait pas arraché le vieil infirme à son fauteuil ? Et pourtant on l'avait transporté assis, dans la camionnette d'abord, puis dans le canot, et tout le temps il avait fumé sa longue pipe d'écume sans broncher, comme s'il avait compris.

La grosse Maria attendait, près de la timonerie où il n'y avait pas place pour eux deux. Elle devait attendre longtemps, des heures, le temps de franchir les brumes de la nuit, et quand elle vit du blanc jaunâtre au ciel, du côté de l'Orient, elle vit en même temps, à travers les vitres, la tête de son homme, du *baes*, d'Omer, ses yeux mi-clos qui n'exprimaient rien qu'une fatigue immense au moment où il allait enfin pouvoir se reposer.

Elle lui sourit, pour l'encourager. Il lui sourit, d'un sourire vague et lointain.

Mais il n'osait pas encore se détendre. C'était fini ; il avait fait ce que, dès le début, il avait décidé de faire, ce que des règlements imbéciles, ce que le désordre de la guerre l'avaient empêché d'accomplir plus tôt.

Ces femmes qui dormaient, ces enfants qui ouvraient les yeux sur l'immensité du ciel marin et qui frissonnaient à la fraîcheur du matin, ces deux bateaux qui s'échappaient enfin de leur prison, il l'avait voulu, patiemment, lourdement, comme un Ostendais sait vouloir.

Il avait payé le prix et il savait ce que lui coûtait ce soleil encore un peu jaune qui se levait sur des eaux neuves où, tout à l'heure, il lui faudrait répondre à de nouveaux interrogatoires, montrer une fois de plus ses papiers, expliquer, expliquer sans fin, rester suspect, sans doute, pendant un certain temps.

Parce que les gens ne pouvaient pas comprendre, alors que c'était si simple !

Parce qu'ils étaient partis d'Ostende... De plus loin encore... Des mers d'Islande où ils pêchaient...

Pour qu'ils soient tous ensemble, avec leurs bateaux, avec leurs enfants, avec leurs affaires, avec tout ce qui faisait leur vie, loin des Allemands et de toute contrainte.

Il y en avait, à bord, qui, en s'éveillant, riaient au soleil qui était enfin le soleil de la liberté.

Omer ne riait pas, ne souriait pas. La grosse Maria fut la seule à savoir qu'à certain moment il avait envie de pleurer, parce que, tout cela, il l'avait payé le prix, le prix fort, parce qu'il se demandait peut-être s'il avait eu raison, s'il avait vraiment le droit...

Il allait, tout à l'heure, devoir à nouveau expliquer...

Expliquer quoi ?

Qu'il avait fait son métier d'homme... Qu'il avait fait ce qu'il avait pu, du mieux qu'il avait pu...

Qu'ils n'étaient plus que deux bateaux sur cinq... Qu'il ne lui restait qu'un fils sur trois...

Qu'il ramenait des veuves et des orphelins, mais qu'il avait fait son devoir.

— Seigneur, j'ai fait ce que vous m'avez...

Et pourtant, soudain, quand, vers midi, alors que tout le monde campait sur les ponts, on aperçut ces falaises blanches, les falaises d'un pays libre, on vit Omer, tout seul dans sa cabine vitrée, les deux mains sur la roue du gouvernail, qui souriait pour la première fois depuis longtemps, de son vrai sourire et non de celui dont il accueillait, à Charron, les boutades du capitaine-doryphore.

La grosse Maria l'embrassait à travers la vitre. Elle ne put s'empêcher d'entrouvrir la porte.

— C'est l'Angleterre ? balbutia-t-elle.

Et lui, détournant la tête, laissa tomber :

— Nous y sommes, n'est-ce pas ?

DU MÊME AUTEUR

Dans la collection Folio Policier

Les enquêtes du commissaire Maigret

Romans